中國古典詩詞精品賞讀

辛棄疾

劉中昧　編著

五洲傳播出版社

图书在版编目（CIP）数据

中国古典诗词精品赏读丛书：繁体版. 辛弃疾 / 刘中昧著. --
北京：五洲传播出版社, 2024.1

ISBN 978-7-5085-4993-4

Ⅰ. ①中… Ⅱ. ①刘… Ⅲ. ①辛弃疾（1140-1207）－宋词－
诗歌欣赏 Ⅳ. ①I207.2

中国版本图书馆CIP数据核字(2022)第241310号

中国古典诗词精品赏读丛书

辛棄疾

出 版 人：关　宏
编　　著：刘中昧
责任编辑：苏　谦
图片编审：迟乃义
装帧设计：宁成春
出版发行：五洲传播出版社
地　　址：北京市海淀区北三环中路 31 号生产力大楼 B 座 6 层
邮　　编：100088
发行电话：010-82005927　010-82007837
网　　址：http://www.cicc.org.cn　http://www.thatsbooks.com
印　　刷：北京市房山腾龙印刷厂
版　　次：2024 年 1 月第 1 版第 1 次印刷
开　　本：710 × 1000 mm　1/16
印　　张：8.5
字　　数：55 千字
定　　价：68.00 元

編者的話

中國在歷史上是一個“詩歌的國度”，古典詩詞是中國傳統文化的奇葩。早在三千年前，我們的祖先就創作出了以“詩三百”爲代表的優秀詩篇。此後每個歷史年代，詩歌創作都結出豐碩的成果，其中不少名篇名句，膾炙人口，傳誦至今。這套“中國古典詩詞精品賞讀”書系，選取了歷史上最具代表性的詩人、詞人的優秀作品，並加以詳盡通俗的譯注、評解，試圖由此將古代中國人創造的最可珍貴的文化瑰寶介紹給當代海內外讀者。

以“國風”爲代表的《詩經》和以《離騷》爲代表的楚辭，無論是在思想內容上還是在藝術手法上，都對中國後世詩壇產生了深遠影響。中國詩歌至唐代而達到高峰，呈現出後人所稱譽的“盛唐氣象”和“少年精神”，而從李白、杜甫等詩人身上，從他們留下的詩歌中，不難看出“風”“騷”以來優秀傳統的迴響。他們都有强烈的現實關懷，關注國家、社會、民衆等問題；而這種主題，往往是詩人通過自己的人生境遇和心靈歷程去感悟，通過描繪自然界山川萬物、人間世事民情來體現的。在唐詩的輝煌之後發展起來的宋代詩歌，成就也相當高，但最能表現此年代文學特殊成就的是詞。宋代優秀的詞家把這種長短句詩體運用到出神入化的地步，那或慷慨激昂、或委婉凄清的詞作，今天讀來仍有强烈的藝術感染力。可以説，唐詩宋詞是中國文學史上最有神采的篇章。本書系介紹的詩人、詞人，如東晉的陶淵明，唐代的李白、杜甫、王維、白居易、劉禹錫、杜牧、李商隱，五代南唐的李煜，宋代的蘇軾、柳永、秦觀、李清照、辛棄疾、陸游，元代的薩都剌，等等，都是中國詩歌史上耀眼的星座。

中國古代詩歌注重抒情、寫景，善於表現友情、親情、愛情、鄉情，以及其他複雜細微的個人情感。這形成中國詩歌又一個强大的傳統。在儒家思想影響下，中國詩歌幾乎從一開始就具有“發乎情，止乎禮義”的特點，情感的表達比較克制、内斂、含蓄，有别於西方的詩歌風格。與此同時，中國詩人們又强調“含不盡之意見於言外”，善於通過各種藝術手法傳達言外之意，給讀者以無窮的迴味、想象空間。古代詩詞中的優秀之作往往寫得深情宛轉，富於形象性和音樂性，誦讀這些詩詞，可以受到多層次的藝術感染和美的熏陶。古典詩詞還善於表現自然之美及人與自然的融合。古人常説“詩中有畫，畫中有詩”，本書系中的每首作品，都配以當代畫家根據詩詞意境繪製的中國畫，通過欣賞這些詩、畫，可以更深刻地領悟到中國古代藝術作品中的詩情畫意，品味其藝術之美。

除了“詩情畫意”的特色外，本書系以各位詩人、詞人單獨成册，以更清楚地展示其不同的個性和藝術風格；各分册包括詩人小傳與作品賞析兩部分。對每篇作品的賞析，又分爲題解、句解、評解三個章節：題解交代創作背景；句解用現代語文對詩詞進行逐句意譯，對某些難懂的字詞作注釋；評解部分則提要鈎玄，對作品特色進行點評。我們的本意，首先是幫助讀者減少閲讀中的文字障礙，繼而是理解詩詞的思想内容、藝術特色和寫作技巧。

中國古代經典詩篇把漢語升華到至美至純的境界，足以使每個中國人感到自豪。這些作品是聯接所有炎黄子孫思想、情感的文化紐帶，無論身在國内，還是身在海外，優秀的詩歌對讀者的感召力都是相通的。一個喜愛祖國傳統文化的人，可能會不斷地接觸和學習祖先的這些遺産。久而久之，這些優秀文化中的一部分會積澱下來，構成每個人頭腦中一道美麗的藝術長廊，不斷給人以教益、激勵和藝術享受。我們期望，本書系所介紹的詩詞名篇能够成爲這道藝術長廊的組成部分。

本書系所介紹的詩人、詞人，都各有很多傳世名篇，限於篇幅，書中每人只選取了二三十首代表作品。限於編輯水平，書中會有種種不盡如人意之處，敬請讀者朋友提出寶貴意見。

目　録

辛棄疾簡介

辛棄疾，字幼安，宋高宗紹興十年（1140）出生於山東濟南府歷城縣。

在此之前，宋欽宗建康二年（1127），金國攻陷北宋都城汴京，北宋滅亡。逃到南方的皇族趙構在臨安（今杭州）重建政權，是爲南宋。先天不足的南宋小朝廷雖然暫時在南方站住了脚跟，却始終面臨着金兵南侵的危險。由於統治者的怯弱無能，收復失地、統一中原更是困難重重。辛棄疾出生之時，他的家鄉山東地區已經淪陷於金人之手長達十三年。

父親早亡的辛棄疾從小便跟隨祖父生活。辛棄疾的祖父辛贊是一位愛國士大夫。金兵入侵時，由於家族人口衆多，辛贊無法脱身南下，只好留在濟南，後來又不得已出仕金國。但他内心一直希望有機會“投釁而起，以紓君父所不共戴天之憤”。他將這一希望寄託在孫子身上，爲其取名“棄疾”。“棄疾”，正是“去病”之意。西漢有名將霍去病，六次率軍擊敗匈奴，解除了自漢初以來匈奴對漢朝的威脅。辛贊是希望孫子能够像當日的霍去病一樣，爲今日之宋朝驅除金兵，解除危難。

辛棄疾少年時，祖父便常常帶着他“登高望遠，指畫山河”。在他十四、十八歲時，又兩度讓他前往金國首都附近的燕山考察軍情。祖父的教育、引導在少年辛棄疾的心中播下了愛國思想的種子。而他自己親眼目睹的淪陷區人民的悲慘生活，更加深了他對侵略者的仇恨。這一切，使辛棄疾很早就立下了恢復中原、報國雪耻的大志。在這個風起雲涌的時代，他迅速成長爲一位出類拔萃的青年英雄。

紹興三十一年（1161）夏，金主完顔亮大舉南侵。這期間，在已經淪陷的北方地區，漢族人民紛紛聚衆起義，抗金鬥争如火如荼。二十二歲的辛棄疾也毅然舉起抗金義旗，在濟南南部山區聚集了一支二千多人的隊伍。不久，他率衆投奔由耿京領導的山東最大的一支起義軍，在軍中擔任掌書記。任職不久，他果斷地追殺叛徒，贏得了耿京的信任和器重。

紹興三十一年（1161）十一月，金人内訌，完顔亮被部下殺死，新的金國統治集團成立。面對義軍即將被各個擊破的危急形勢，辛棄疾極力説服耿京歸附南宋朝廷，與宋兵共同抗金。次年正月，他奉耿京之命南下，奉表歸宋。宋高宗在建康（今南京）接見了他們，表示承認義軍的合法地位。

不料，就在辛棄疾成功完成使命之時，起義軍中張安國叛變，勾結金兵殺害了耿京。辛棄疾在北歸途中聽聞此訊，迅即率領五十多人馬，急馳數百里，突襲濟州（今山東巨野），在五萬金兵營中活捉張安國，並成功勸服營中耿京舊部上萬人起義。辛棄疾帶着這上萬人，成功擺脱金兵追趕，晝夜疾馳到達建康，將張安國斬首示衆。年輕的辛棄疾成爲了傳奇英雄，南宋朝野爲之震動："壯聲英概，懦士爲之興起，聖天子一見三嘆息。"（洪邁《稼軒記》）

之後，辛棄疾被委任爲江陰軍簽判，開始了他在南宋的仕宦生涯。這個並不理想的開頭，似乎已經預示了他後半生傾盡全力，却始終壯志難酬的悲劇命運。

辛棄疾南歸後的第二年，南宋朝廷在張浚的主持下出兵北伐，最終失敗，與金簽訂了屈辱投降的"隆興和議"。從此，主和派重新當權，在長達四十多年的時間裏，南宋朝廷對金一直俯首稱臣，不敢言戰。辛棄疾的大半生，就生活在這悲哀的四十多年裏。

在低迷、壓抑的政治環境中，辛棄疾的抗金主張和復國言論始終不被統治者採納。不僅如此，來自淪陷區的他還不斷受到朝廷中人的猜疑、歧視、排擠。當權者明知他才識超群，却不肯重用。這樣，辛棄疾南歸後的第一個十年始終沉於宦海底層，先後擔任江陰軍簽判、廣德軍通判、建康府添差通判、司農主簿等一系列無關緊要的"佐貳之職"。辛棄疾滿腔熱情投歸南宋，却遭受如此待遇，這是他始料未及的。無奈的他不免在詞中發發牢騷："不念英雄江左老，用之可以尊中國。"（《滿江紅》"倦客新豐"）

儘管沉於下僚，辛棄疾却"位卑未敢忘憂國"。這期間，憑着對南北政治、軍事形勢的深刻瞭解，辛棄疾不斷爲朝廷北伐之事獻計獻策。其中最著名的，是他於乾道元年（1165）上給宋孝宗的《美芹十論》和乾道六年（1170）上給宰相虞允文的《九議》。這兩篇政論全面分析了當時的敵我形勢和進取方略，並提出了一系列具體的强國措施，顯示了辛棄疾經邦濟世的非凡才能。然而，這些策論並没有引起統治集團的重視，反倒在文人士大夫中廣爲傳播，贏得了許多愛國人士的共鳴和讚譽。

乾道八年（1172），辛棄疾出任滁州（今屬安徽）知府，開始了他南歸後第二個十年的仕宦生涯。他寬徵薄賦，招收流民，恢復生產，訓練民兵，實行屯田，使荒凉落後的滁州很快就面貌一新。這之後，他又連續擔任了好幾個州、府、路的行政長官，職位較前十年有了提昇。

在地方任上，辛棄疾恪盡職守。任江西提點刑獄，三個月平息茶商武裝叛亂；任江陵知府兼湖北安撫使，討平農民暴動。辛棄疾做這些事時，手段比較狠辣，但他的内心却是矛盾的。他曾上書朝廷，指出老百姓上山爲"盗"的真正原因是官逼民反，要想平息人民的暴動，就必須嚴肅官紀。

面對辛棄疾卓著的政績，南宋朝廷却加强了對他的防范，頻頻調動其職務，以免他在一個地方時間久了，會培植起個人勢力。湖北任上兩年後，辛棄疾被支到湖南，任潭州（今長沙）知府兼湖南安撫使。在那裏他興修水利，賑濟飢民，整頓鄉社，創建飛虎軍，雄鎮一方。一年之後，又被調離，改任南昌知府兼江西安撫使。

辛棄疾針對當時社會弊端，在地方大刀闊斧地整頓吏治，打擊豪强，觸動了某些特權階層的利益，引起了不少官僚的不滿乃至嫉恨。淳熙八年（1181）冬，他被人羅織罪名，彈劾免職。對這樣的結果，辛棄疾自己也早有預料。兩年之前他就曾説："生平剛拙自信，年來不爲衆人所容，顧恐言未脱口而禍不旋踵。"

罷官後的辛棄疾在江西上饒帶湖閑居，以"稼"名軒，自號稼軒居士。他在這裏一住就是十年。這十年是作爲英雄的辛棄疾失意的十年，也是作爲詞人的辛棄疾藝術創作大豐收的十年。

迴顧辛棄疾南歸以來，雖一心抗金復國，却被束縛在後方的大小事務上；雖在地方盡職盡責，準備大有作爲，却遭誣陷彈劾，不得不閑居度日。報國無門，壯志難酬，這怎能不叫他憤恨嘆息？他不能像陶淵明那樣躬耕田園，悠然自足；也不能像蘇軾那樣看透宇宙人生，對一切坦然待之。雖然在帶湖的生活表面上淡泊平静，但他内心却時時塊壘難平，因爲他始終無法忘記國家的危難、人民的痛苦，還有自己年少時立下的雄偉志嚮。於是，詞成了他最好的抒泄工具。他將自己的愛國熱忱、英雄情懷，以及壯志難酬的悲苦怨憤，都一併寄託於詞中。他的詞不是無病呻吟，不是文字游戲，而是他痛苦靈魂的真實再現。儘管辛棄疾在南歸後的第一個十年就創作了不少膾炙人口的詞篇，但只有在帶湖的十年中，他纔真正從一個政治家、軍事家變爲了一個文學家。

當然，恬静的田園生活也讓苦悶的他偶爾忘掉憂愁。他在詞中寫帶湖附近的亭臺樓閣、山水花木，寫鄉村的田園景緻、風俗人情。他筆下的農家生活快樂悠閑，是特意選擇的素材，也寄託着他希望人民安居樂業的理想。

宋光宗紹熙三年（1192），經過十年等待的辛棄疾突然被起用爲福建提點刑獄。他欣然前往上任。半年後，因原任安撫使去世，他受命兼任福建安撫使。次年春，他奉詔到達臨安，受到宋光宗召見。奏對中，他就長江上游的軍事防禦布置問題提出了自己的精闢見解，但依然没有受到重視。之後，他被留在臨安作太府少卿。爲期僅半年，便又被派迴福建，任福州知州兼福建安撫使。

迴到福建後，辛棄疾全力改革弊政，並開始擴軍練軍，準備把福建地方軍隊建成像當年湖南飛虎軍一樣的雄師勁旅。這一系列措施又招來了既得利益者的不滿。重迴福州不到一年，他被人誣爲“殘酷貪饕”，再度彈劾罷官。五十五歲的他只能悲唱着“元龍老矣，不妨高卧，冰壺涼簟”（《水龍吟・過南劍雙溪樓》），迴到江西農村。

禍不單行，迴家不久，辛棄疾在帶湖的住宅不幸失火，房屋被毀。於是他將家遷到鉛山縣瓢泉。他在瓢泉的生活，與以前閑居帶湖時差不多，終日在游山玩水、縱酒填詞中消磨時光。生性豪爽的他本就好飲，這下更時時借酒澆愁，以至“一飲動連宵，一醉長三日”。

辛棄疾在瓢泉的第二次退閑生活長達八年。這期間，他留下了大量詞作，數量和帶湖時期差不多，不同的是，此時的他更加失望悲憤，作品的感情基調也更加沉鬱憂傷。他時常在作品裏迴憶自己青年時代的抗金經歷，緬懷自己的壯志豪情。雖然對現實充滿了怨恨，但他抗金復國的理想依然没有破滅。

宋寧宗嘉泰三年（1203），六十四歲高齡的辛棄疾再次被起用爲紹興知府兼浙東安撫使。接到詔令後，他“不以久閑爲念，不以家事爲懷，單車就道，風采凜然”（黄榦《與辛稼軒侍郎書》），立即赴紹興就任。

這次起用他的是當時宰相韓侂胄。爲籌劃北伐，韓侂胄需要起用一些主張抗金的元老重臣以造聲勢，辛棄疾便成了他的一個籌碼。嘉泰四年（1204），辛棄疾應召入朝。然而，寧宗和韓侂胄召見他，並不打算把他留下來主持用兵大計。很快，辛棄疾被派往鎮江任知府。

雖對自己不能參與前綫抗金戰事憤恨不平，辛棄疾到達鎮江之後，仍在這一對敵用兵的要衝之地積極備戰，很快建立起一支萬人勁旅。對於韓侂胄等人不作充分準備就急於出兵北伐，他深感憂慮，在《永遇樂・京口北固亭懷古》詞中表明了其反對輕率冒進的態度。

不管辛棄疾抗金復國的意願多么强烈，對國對民用心多么良苦，朝廷始終没有真正信任他。在鎮江任上僅僅一年多，又因人誣以“好色貪財，淫刑聚斂”，他第三次被彈劾免職。開禧元年（1205）初秋，辛棄疾孤獨凄凉地返迴鉛山瓢泉。

開禧二年（1206）五月，南宋正式下詔伐金。不出辛棄疾所料，宋軍很快全綫潰敗。山窮水盡的南宋朝廷只好再次嚮金求和。金人提出，以韓侂胄項上人頭作爲議和條件。韓侂胄惱羞成怒，想再次對金國用兵，他又想到了辛棄疾。

開禧三年（1207），韓侂胄奏請朝廷任命辛棄疾爲樞密院都承旨，令其立即到臨安供職。詔令到達鉛山時，辛棄疾已經一病不起，他趕緊上奏請辭。就在此年九月十日，這位傑出的民族英雄含恨而逝。相傳他在臨終之際，還大喊數聲“殺賊！殺賊！”

一個英雄生活在一個怯弱平庸的朝代，是一種悲哀。而對於辛棄疾來説，這種悲哀又是一種幸運：政治上的失敗成就了他文學上的成功。

殺敵報國的英雄情結和政治失意的牢騷，是辛棄疾大半生文學創作的重要題材内容，也因而形成了辛詞與一般文人詞相區别的豪雄特色。清代詞論家黄梨莊就此評論説：“辛稼軒當弱宋末造，負管（仲）、樂（毅）之才，不能盡展其用。觀其與陳同甫抵掌談論，是何等人物！故其悲歌慷慨、抑鬱無聊之氣，一寄之於詞。”的確，一部稼軒詞集，正是對辛棄疾一生爲國家和民族奮鬥不息精神的忠實記録。在這部心靈史中，始終交織着對國家、民族深沉的愛，和對無法驅除强敵、實現壯志的强烈的痛和恨。

辛棄疾詞現存六百二十多首，都是歸宋之後所作。他被後人視爲宋詞發展中最重要的詞人之一，不僅因爲其作品數量巨多，並具有强烈的感召力，更因爲他在詞的創作中大膽開拓創新，取得了非凡的藝術成就。

北宋蘇軾開創了“豪放”詞風，辛棄疾則用自己的愛國情懷和英雄氣概，繼承並發展了這一詞風。辛詞大多意象闊大，氣魄恢宏，充滿陽剛之美；感情濃烈，或慷慨悲凉，或低沉落寞，或熱情激昂，其力量皆不可抵擋，震撼人心。

辛棄疾一生不曾改變他熾熱的愛國情懷與宏偉的報國理想，所以，辛詞較之蘇詞，少了瀟灑、豁達，多了英雄的豪壯激昂。正如王國維所評：“東坡之詞曠，稼軒之詞豪。”辛詞將豪放發揮到極緻，豪放之中，又更多悲壯之氣。清人吴衡照《蓮子居詞話》對此的分析很有見地：“東坡之心地光明磊落，忠愛根於生性，故詞極超曠，而意極和平；稼軒有吞吐八荒之慨，而機會不來，正則可以爲郭（子儀）、李（光弼），爲岳（飛）、韓（世忠），變則爲桓温之流亞，故詞極豪雄，而意極悲鬱。”

辛詞風格以豪放爲主，但也不乏婉約、平淡、清麗，甚至纏綿者。劉克莊《辛稼軒集序》說：“公所作，大聲鞺鞳，小聲鏗鍧，横絶六合，掃空萬古，自有蒼生以來所無。其穠纖綿密者，亦不在小晏、秦郎之下。”

從詞的内容來看，辛棄疾進一步擴大了詞的題材范圍。在蘇軾手中，詞的題材開始由傳統的“花間”“尊前”擴大到詩所涉及的方方面面，辛棄疾進而將一切可寫之事都寫入詞中，范圍比蘇詞還要廣泛。他寫政治，寫戰鬥，寫友情、愛情、家國之情，寫山川景色、人生哲理，寫田園風光、民俗人情，寫日常生活、讀書感受……“無意不可入，無事不可言。”（清劉熙載《藝概》）

詞的語言到辛棄疾這裏，更是變化多端，不復有規矩存在。後人常言，東坡“以詩爲詞”，稼軒“以文爲詞”。辛棄疾不僅化用辭賦古文的語言直接入詞，更在詞中借鑒辭賦古文的章法結構、描寫手法。所以，辛詞中大量使用散文句式，有十幾字的長句，也有三四字的短句；有對話，也有議論；有通俗鮮活的民間口語，也有經籍上的古文句式。從某種程度上說，辛詞更像一篇篇有音樂節奏的韻文，完全突破了文人詞中常以意象疊加成句成文的形式。這是詞在語言藝術上的一次重要革新。

辛詞另一大特色是好用典。他廣泛引用前人詩詞歌賦和經書、史書等典籍中的語彙、成句、歷史掌故，將其巧妙地融進自己的詞中，達到渾然天成的境界。清人劉熙載《藝概》評曰：“任古書中理語、廋語，一經運用，便得風流。”但他的個别作品，也因用典過多，被人詬爲逞才使氣，炫耀博學。

辛棄疾詞對南宋詞壇産生了巨大影響。清人陳洵《海綃說詞》便曾言：“南宋諸家鮮不爲稼軒牢籠者。”在其同時或稍後，出現了不少與他有着相同或相近創作傾嚮的詞人，文學史上把他們稱爲辛派詞人，主要人物有陳亮、劉過、劉克莊、劉辰翁等。

後世之人對辛棄疾的評價也非常高。清人王士禛《花草蒙拾》曰：“婉約以易安爲宗，豪放惟幼安稱首。”《四庫全書總目提要》評曰：“其詞慷慨縱横，有不可一世之概，於倚聲家爲變調；而異軍特起，能於剪紅刻翠之外，屹然别立一宗，迄今不廢。”近人王國維《人間詞話》亦言：“南宋詞人，白石有格而無情，劍南有氣而乏韻，其堪與北宋人頡頏者，惟一幼安耳。”

念奴嬌

登建康賞心亭，呈史留守緻道

我來弔古，上危樓贏得，閑愁千斛。
虎踞龍蟠何處是？
只有興亡滿目。
柳外斜陽，水邊歸鳥，隴上吹喬木。
片帆西去，一聲誰噴霜竹？

却憶安石風流，東山歲晚，淚落哀箏曲。
兒輩功名都付與，長日惟消棋局。
寶鏡難尋，碧雲將暮，誰勸杯中綠？
江頭風怒，朝來波浪翻屋。

題解

宋孝宗乾道五年（1169），辛棄疾從被金人占領的北方投歸南宋朝廷已經七個年頭了。儘管他有文韜武略，儘管他有敵後作戰的經驗，儘管他一直嚮朝廷請纓，但他也還只是一個小小的建康府通判。

念奴嬌（我來弔古）詞意圖　蕭惠珠 繪

一日，他登上建康城西的賞心亭，寫下這首詞，送給時任建康留守兼沿江水軍制置使的史正志。史正志，字緻道，此人在政治上實際是一個投機分子，早在孝宗即位之初就與主和派暗中往來。而辛棄疾寫這首詞時，他尚未暴露其真實面目，還是一幅主戰派架勢。留守，官名，古時國君遷都或巡幸，以重臣代守其土（或行宮）稱留守。宋室南渡初，高宗曾一度駐蹕建康，後遷都臨安，故有行宮留守之職。

【句解】

我來弔古，上危樓贏得，閑愁千斛

建康即今南京，三國的吳，東晉，南朝的宋、齊、梁、陳皆都於此，人稱六朝故都，有許多歷史古迹，所以詞人開門見山"我來弔古"。他登上高高的賞心亭，萬千愁緒頓時涌上心頭。

寫這首詞時，整個南宋社會正處於北伐失敗後的低迷、壓抑氣氛中。辛棄疾登樓懷古，一想到前朝舊事，胸中就不自主地涌出"閑愁千斛"。一斛等於十斗，"千斛"愁該有多重！他却輕松地將之稱作"閑愁"。不願提，不想提，無盡的愁苦已經讓他只能苦笑置之！但是，眼前的所見所聞又讓他不能不想。

虎踞龍蟠何處是？只有興亡滿目

三國時意圖統一天下的諸葛亮曾說過，南京背有鐘山，前有長江，"鐘山龍蟠，石城（南京又稱石頭城）虎踞"，地勢險要，可做"帝王之都"。如今呢？只剩下幾個曾偏安於此、不思進取的小王朝興亡的歷史陳迹。

柳外斜陽，水邊歸鳥，隴上吹喬木

高樓之上，詞人放眼四望，只見微弱的夕陽照在迷茫的柳枝上；水邊的鳥兒慌亂地到處飛竄，尋找安身之地；田野裏高大的樹木被風吹打着，枯黄的葉片紛紛墜落。"喬木"，高大的樹木。

片帆西去，一聲誰噴霜竹

遠處江面上，一片白帆孤獨地嚮西邊飄去。突然，一聲竹笛響起，悠揚、哀怨，如泣如訴。"霜竹"，代指笛子。

一切景語皆情語。夕陽、衰柳、荒野、悲風、孤帆、哀笛，這些景象，不正是風雨飄搖、江河日下的南宋王朝的象徵嗎？滿懷愁苦的辛棄疾，看着眼前這幅慘淡的夕陽西下圖，想到了國家的前途命運，想到了自己的理想抱負。

辛棄疾生長在被金人侵占的大宋北方，侵略者的野蠻行徑、人民的苦難使他從小就立下了驅除金人、收復中原的壯志。二十二歲時，他就組織了一支兩千人的隊伍起義抗金，後來又成功率領一萬士兵投歸南宋，不可不謂英雄。南歸後，他原以爲從此可以大展宏圖，實現祖國統一理想，却遭到朝廷主和派的打擊、排擠。朝廷給了他一系列的低級官職，却從不理會他的復國主張。

一腔忠憤，無處發泄，他只能慷慨悲歌，將“抑鬱無聊之氣，一寄之於詞”。“虎踞龍蟠何處是”的疑問，正是辛棄疾對當權的主和派的嚴厲質問：這個虎踞龍蟠之地，完全可以作爲大宋復興的基地，可你們却從不曾好好地經營它。如今朝廷躲在江南已經四十多年了，得過且過，國事日非，這不是在重蹈六朝滅亡的覆轍嗎？

詞人的無盡憂愁，正是源於他對國家命運的擔憂，源於壯志難酬的苦悶。此情此景，令他想起了東晉時抗禦强敵、打敗侵略者的丞相謝安。

却憶安石風流，東山歲晚，淚落哀箏曲

謝安，字安石，東晉孝武帝時任宰相。謝安文采風流，才智過人，指揮東晉抵禦前秦入侵，立下了赫赫功勞。唐代詩人李白就曾歌詠道：“但用東山謝安石，爲君談笑静胡沙。”

今日之南宋，也正是亟須“静胡沙”之時，多么需要像謝安這樣的人才啊！可歷史上的謝安境遇又如何呢？晚年的謝安功高震主，受孝武帝猜忌，處境可危。他想迴到未仕前隱居的東山，也一直未能如願。一次，孝武帝召開宴會，音樂家桓伊彈箏作歌，歌曰：“爲君既不易，爲臣良獨難，忠信事不顯，乃有見疑患。”謝安聞歌觸動心事，不覺潸然淚下。

兒輩功名都付與，長日惟消棋局

淝水之戰中，謝安指揮弟弟謝石和侄子謝玄，以八萬大軍擊敗前秦苻堅率領的九十萬軍隊。當前綫的捷報傳到相府時，謝安正在與客人下棋，只説了聲：知道了。客人很奇怪，謝安淡淡地説：“小兒輩遂已破敵。”這個典故本是説謝安沉着、閑雅，辛棄疾却改變了原意，强調謝安不問世事，惟以下棋消磨時光。

詞人記起謝安的這些故事，是在爲謝安悲傷，更是在爲自己悲傷。自己如今的處境不正是如此嗎？曾經英勇殺敵，戰功無數，而今沉於下僚，碌碌無爲，鬱鬱不得志。可是，又能如何呢？

到底如何面對復國無門的愁苦？辛棄疾引爲同道的謝安也不能給迷茫中的他一點指引。

寶鏡難尋，碧雲將暮，誰勸杯中緑

相傳，唐朝時有漁夫在賞心亭下的秦淮河撿到一面古銅鏡，照之盡見人肺腑，漁夫大恐，銅鏡失手掉入水中，再也撈不出來。如今的辛棄疾，也正身處賞心亭上，本是想游覽散心，理清自己的愁緒，却不曾想越理越亂，無法解愁。

“何以解憂，惟有杜康”。於是詞人喊道：天快黑了，烏雲密布，誰來勸我喝一杯啊？“杯中緑”，指酒。

他明知酒能解愁，却無法主動端起酒杯。因爲他的愁太多，他的怨太深，他無法不清醒着，努力找到方嚮。他怎能喝下酒？“誰勸杯中緑”，深刻地表現了他無奈、哀傷、苦悶的心情。

江頭風怒，朝來波浪翻屋

誰來與詞人一道買醉澆愁？没有。他看到的是狂風怒吼，波浪滔天，直有摧房傾屋之勢。

結尾兩句，以江頭風浪摧毁房屋暗喻國勢之危急。辛棄疾的一片憂國之情，至此更爲熾烈。

評解

金陵爲“六代豪華”之地，歷來登臨者多有詠嘆，但不少僅流於發思古之幽情。此詞不然，它借古諷今，深含國憂。

全詞層層遞進，環環相扣，銜接緊密，筆法多樣。設問、比喻、典故的靈活運用，將詞人的悲憤之情表露無遺。雖係辛棄疾早期作品，但已初具其沉鬱悲壯的基本風格。

青玉案

元夕

東風夜放花千樹，更吹落，星如雨。
寶馬雕車香滿路。
鳳簫聲動，玉壺光轉，一夜魚龍舞。

蛾兒雪柳黃金縷，笑語盈盈暗香去。
衆裏尋他千百度。
驀然迴首，那人却在，燈火闌珊處。

題解

這首詞大約作於乾道七年（1171）至乾道八年（1172）間，時辛棄疾在臨安（今杭州）任司農寺主簿。

青玉案（東風夜放花千樹）詞意圖　馮遠 繪

元夕，舊曆正月十五，又稱上元節、元宵節。古代有元夕觀燈的習俗，這一天也是青年男女往來相會的良辰。歐陽修（一説爲朱淑真）《生查子·元夕》一詞就講述了情人們在上元燈節約會的故事："去年元夜時，花市燈如晝。月上柳梢頭，人約黄昏後。今年元夜時，月與燈依舊。不見去年人，淚濕春衫袖。"辛棄疾的這首《青玉案》，同樣描繪了在元夕燈火中等尋情人的情景，是稼軒詞中爲數很少的涉及愛情的作品之一。

【句解】

東風夜放花千樹，更吹落，星如雨

元夕之夜，燈火輝煌，彷彿東風一夜間吹開了千樹萬樹的花朵，又像是吹落了滿天繁星，如雨一般灑嚮人間。

另有一種解釋認爲，這幾句描寫的不是燈火，而是焰火。據宋人《武林舊事》所載，元夕夜臨安城會"放焰火百餘架"。"花樹""星雨"，正是形容焰火的奇異絢爛。花炮綻放，彷彿早春的東風吹開了樹上的萬紫千紅；烟火昇天，火星四射，又似從天上吹落了如雨的彩星。

寶馬雕車香滿路

節日裏的大街，熱鬧非凡。華麗的車馬不時駛過，所遺香氣四處瀰漫。"寶馬雕車"，指富貴人家出來觀燈乘坐的裝飾華麗的車馬。

鳳簫聲動，玉壺光轉，一夜魚龍舞

動人的樂聲不絶於耳。擡頭望望天空，圓月揮灑銀輝，是那么明亮；低頭看看四週，人們提着魚龍彩燈，縱情歡樂。"鳳簫"，簫的美稱，此處泛指音樂。"玉壺"，喻月亮，言月之冰清玉潔。"魚龍"，紮成魚、龍等形狀的各式彩燈。

銀月下，家家燈火，處處管弦，令人目不暇接，心醉神迷。詞人如此着力渲染節日的熱鬧歡快，正是要爲下面人物的出場營造氛圍。

蛾兒雪柳黄金縷，笑語盈盈暗香去

人群中的女子，霧鬢雲鬟，戴着蛾兒、雪柳，盛裝麗飾。她們説説笑笑，一路留下幽香在空中飄散。"蛾兒""雪柳"，都是宋代婦女元宵時節所戴的頭飾。"雪柳黄金縷"，一種以金爲飾的雪柳。

漂亮可愛的女子一個個從詞人眼前掠過。但詞人要找尋的，却並不是她們。

眾裏尋他千百度

在熙熙攘攘的人群中，詞人千百次地找尋那個她的身影，却總是踪影全無。滿懷憧憬的詞人一次又一次地失望。

驀然迴首，那人却在，燈火闌珊處

忽然，不經意間迴過頭去，在那燈火昏暗的一角，分明看見了，是她！是她！没有錯，原來她安安静静、娉娉婷婷地站在這冷落的地方，還未歸去，還似有所待！“闌珊”，零落稀疏的樣子。

讀到這裏，我們纔恍然徹悟：那上片中燈火、明月、笙笛、彩車交織成的元夕歡騰景象，那下片惹人眼花繚亂的一群群麗人，原來都只是爲了這一個意中之人而設、而寫。倘無此人在，所有的一切又有何意義呢？

詞人爲“眾裏尋他千百度”花去了多少時光，消磨了多少痴情？終於得見意中人的他是滿足，是狂喜，是如釋重負還是帶着一點遺憾？我們只能去想象了。

評解

關於此詞的主旨，歷代評家有各種説法。一般認爲它與愛情有關，或是單純的節令之作。但近人梁啓超説，此詞是詞人“自憐幽獨，傷心人別有懷抱”。按照梁氏所解，詞人意中那位“燈火闌珊處”的女子，在羅綺如雲的熱鬧之外孑然獨處，孤高幽獨，其實就是詞人自己這樣的正直高潔之士的寫照。王國維又將此詞引申爲人生的一大境界，他言人生有三種境界：第一是“昨夜西風凋碧樹，獨上西樓，望盡天涯路”；第二是“衣帶漸寬終不悔，爲伊消得人憔悴”；第三便是“眾裏尋他千百度，驀然迴首，那人却在燈火闌珊處”。

且不論辛詞的本意究竟如何，詞中所寫的苦苦尋覓，却一無所得，絶望之時，却又於無意間得來，人生中這樣的經歷和感受並不乏見，却只有辛棄疾用詩的語言，形象而準確地表達了出來。

水龍吟

登建康賞心亭

楚天千里清秋，水隨天去秋無際。
遥岑遠目，獻愁供恨，玉簪螺髻。
落日樓頭，斷鴻聲裏，江南游子。
把吴鈎看了，欄干拍遍，無人會，登臨意。

休説鱸魚堪膾，儘西風，季鷹歸未？
求田問舍，怕應羞見，劉郎才氣。
可惜流年，憂愁風雨，樹猶如此！
倩何人唤取，紅巾翠袖，揾英雄淚？

題解

乾道八年（1172），辛棄疾出任滁州（今屬安徽）知府，開始了他南歸後第二個十年的仕宦生涯。淳熙元年(1174)春，又由滁州改調建康，任江東安撫司參議官。這是辛棄疾第四次來到建康。第一次是在紹興三十二年（1162）奉耿京之命南下洽談歸宋事宜，在建康受到宋高宗接見；第二次是押解殺害耿京

水龍吟（楚天千裏清秋）詞意圖　汪國新 繪

的叛徒張安國到達建康，獻給南宋當局；第三次是任建康府添差通判。十二年過去了，他再次來到這個對他具有特殊意義的古城，心中自然不免感慨萬千。

一個秋日，辛棄疾登上建康城外的賞心亭，留下了這首《水龍吟》。乾道五年（1169），他曾在賞心亭上寫下一首《念奴嬌》（我來弔古）。如今故地重游，五年時光匆匆又過，一心報國的他還是未能實現夙願。

【句解】

楚天千里清秋，水隨天去秋無際

清秋時節，南方的天空千里澄净，一覽無餘。浩浩江水一直流嚮遥遠的天際，水天相接，秋色無邊。

詞的起句突兀，立意遼遠。看似隨口而出的兩句，却令人彷彿拔地凌空，極目游騁，仰望天高，俯視水遠。雖說其氣勢稍遜東坡名句“大江東去，浪淘盡，千古風流人物”，但境界的闊大、胸襟的磊落却是一樣的。這樣的景象，一般凡夫俗子必定無法寫出，這就恰如辛棄疾門生范開在《稼軒詞序》中所論：“器大者聲必閎，志高者意必遠。”

置身於如此浩渺壯闊的境界，即使一般人也會觸發一種莫名的宇宙意識，更何況滿懷報國激情的辛棄疾。那楚天無垠的壯景，那滚滚東去的江水，那蒼凉無邊的秋色，又怎會不激起他滿腔的豪情？因此，詞的開頭兩句雖是寫眼前之景，却已蘊蓄深厚之情。

建康臨水傍山，所以詞人在寫過俯瞰江天之後，接着便寫遥望遠山。

遥岑遠目，獻愁供恨，玉簪螺髻

“遥岑”，遠山。“遠目”，縱目遠望。“玉簪螺髻”，比喻群山秀美，似美人頭上的碧色玉簪和螺型髮髻。

韓愈詩曰“江作青羅帶，山如碧玉簪”；皮日休詩曰“似將青羅髻，撒在明月中”。在他們的筆下，山是那么清新秀麗。但在愁思萬結的辛棄疾眼中，群山雖然風流多姿，但不過徒引人愁恨而已。眼前的江山勝景，只會令他更加牽挂淪陷的中原，更加激發起對朝廷偏安江南、不思復國的悲愁、遺恨。

在遥觀四週景緻後，詞人將鏡頭拉迴，對準了賞心亭上的自己。

落日樓頭，斷鴻聲裏，江南游子

落日餘暉，應和着離群孤雁的聲聲哀鳴，使佇立樓頭的詞人感到了從未有過的凄清和冷寂。辛棄疾本生在山東，可家鄉淪陷，國家殘破，如今來到江南，游子孤獨。本以爲能將一腔熱血報效國家，然而從未得到施展才華的機會。非但没有人來與他共論北伐大計，相反却横遭朝中權貴們的猜忌，始終難酬壯志。

把吴鈎看了，欄干拍遍，無人會，登臨意

看着這樣悲傷的景，想着這些悲傷的事，詞人摘下佩刀，默視良久，又一遍遍地拍打欄干，却終究没有人領會他此番登臨之意。“吴鈎”，春秋時期吴國製造的一種兵器，似劍而曲，這裏借指腰中所佩刀劍。

感慨萬千的辛棄疾，“把吴鈎看了”，他是多么希望能手持這鋭利的吴鈎，馳騁疆場，殺敵報國！然而，英雄却無用武之地。滿腔的悲憤無處宣泄，孤獨而痛苦的他只能一遍一遍地拍打欄干。

詞的上片，寫登高望遠，觸景生情，層層推進地抒發了詞人的遠大抱負和壯志難酬的苦恨。到下片，詞人進一步抒寫雄心壯志，並闡明自己堅定不移的人生信念。

休説鱸魚堪膾，儘西風，季鷹歸未

據《世説新語·識鑒》，西晉時，吴人張翰（字季鷹）在京城洛陽事齊王，秋天來到，他想起吴中的鱸魚膾和蒓菜羹，言“人生貴得適意爾，何能羈宦數千里以要名爵”，於是辭官東歸。“膾”，細切的魚肉片。

辛棄疾對張翰的隱居並不以爲然，所以他反用其典，説不要提什么鱸魚膾之類的家鄉美味，你看，儘管秋風已經吹起，張翰還鄉了嗎？他之所以耻於棄官歸隱，全是因爲國家的災難未了，他報國的壯志未酬。

求田問舍，怕應羞見，劉郎才氣

《三國志》裏記載，許汜去見陳登，陳登因其没有大志，瞧不起他，讓他睡下牀。許汜嚮劉備述説此事，劉備説，而今天下大亂，帝王失所，你本當憂國忘家，却只知買房置地，爲己牟利。要是换了我，那就自睡百尺高樓，讓你睡地下，又豈止是上下牀的區别。

辛棄疾用此典，是説如果自己像許汜那樣不顧國事，只知爲自己打算，那就羞見像劉備那樣胸懷雄才大略的英雄了。

兩典連用，表明辛棄疾既反對逃避現實鬥争的歸隱生活，更鄙視置國家危亡於腦後，只知謀求私利的無耻行爲。

可惜流年，憂愁風雨，樹猶如此

儘管辛棄疾一心以天下爲懷，但國家爲投降派把握，風雨飄搖，他又能如何呢？只能悲嘆年華白白流逝。

前面心志的表白並不能解脱他心靈的憤懣，相反倒增加了一份凄苦。他不由想起了東晉大將軍桓温。桓温在北徵途中，看到十年前親手栽種的柳樹已經十圍，不禁流淚慨嘆："木猶如此，人何以堪！"辛棄疾此刻的無限感傷，也正與桓温相同。

光陰無情，年復一年，時間就在風雨憂愁、國勢飄摇中流逝，而自己的濟民救國之志尚難遂願，好不痛惜。他多么希望有人來幫助他解除心頭的鬱結，然而，又有誰能給他慰藉呢？

倩何人喚取，紅巾翠袖，揾英雄淚

百般無奈的詞人最後感嘆：請什么人爲"我"喚來柔情女子，擦乾英雄淚呢？"倩"，請求。"紅巾翠袖"，女子的手巾常是紅色，衣袖常是翠色，所以以此代指女子。"揾"，擦去。

他的眼淚，不是多愁善感的弱者的眼淚，而是不遇於時的英雄的眼淚。遺憾的是，英雄身邊並没有一個善解人意的紅顔知己，可以替他輕輕擦去辛酸的淚水，可以撫平他傷痕纍纍的心靈。

詞的結尾，仍是嘆知己難尋，與上片"把吴鉤看了，欄干拍遍，無人會，登臨意"緊相呼應。在感情上，它更深一層地抒發了辛棄疾功業未就、有志難酬的苦悶與悲恨。

評解

這首詞是辛棄疾早期最負盛名的作品之一，藝術上已趨成熟境地：豪而不放，壯中見悲，沉鬱頓挫。上片以山水起勢，雄渾不失清麗，又融情入景，飽含深情；下片抒懷，不用直筆，連用三典，以一波三折、一唱三嘆手腕出之。結處遥應上片，别具深婉之致。全詞豪壯而有沉鬱之情，有藴藉之法，故清人陳洵《海綃説詞》讚曰："縱横豪宕，而筆筆能留，字字有脉絡如此。"清人譚獻《譚評詞辨》也説："裂竹之聲，何嘗不潛氣内轉。"

太常引

建康中秋夜爲吕叔潜賦

一輪秋影轉金波，飛鏡又重磨。
把酒問姮娥：被白髮欺人奈何？

乘風好去，長空萬里，直下看山河。
斫去桂婆娑，人道是清光更多。

題解

此詞約作於淳熙元年（1174）中秋之夜，當時辛棄疾再度出仕建康，任江東安撫司參議官。吕叔潜，名大虬，辛棄疾的朋友，生平已不可考。

太常引（一輪秋影轉金波）詞意圖　馬援 繪

【句解】

一輪秋影轉金波，飛鏡又重磨

八月十五，夜空如洗。詞人擡頭望天，只見一輪滿月當空，月光皎潔，似金波流轉，又似飛鏡重磨，光亮如新。“秋影”，秋月。“金波”，喻月光清明柔和，如金色流波。“飛鏡”，指月亮，李白《渡荆門送别詩》有“月下飛天鏡，雲生結海樓”。“飛鏡重磨”，比喻中秋之月如新磨的銅鏡一樣，光彩照人。

把酒問姮娥：被白髮欺人奈何

明月下，詞人如痴如迷。他舉起酒杯，追問月中仙子嫦娥：頭上白髮日增，似有意欺人，該如何是好？“姮娥”，即嫦娥，傳説爲后羿之妻，后羿從西王母處得到不死之藥，嫦娥偷吃後，奔嚮月宫。

此時的辛棄疾，南歸已十二年，仍然壯志未酬。歲月空轉，他怎能不爲白髮上頭而焦灼苦惱呢？南歸之初，始終堅持投降路綫的宋高宗趙構傳位於其侄趙昚（孝宗），一時之間，南宋朝野似乎雄心振發，並在張浚主持下出兵北伐。但經“符離之敗”“隆興和議”，朝廷主和派又重新當權。在這樣的情勢下，辛棄疾始終沉於下僚，空有滿腔抱負，却無法施展。他於乾道元年（1165）上宋孝宗《美芹十論》，又於乾道六年（1170）上宰相虞允文《九議》，慷慨激昂，反復陳説恢復之事，却一直未被採納。對他而言，“白髮欺人”是無可奈何，“把酒問姮娥”亦是無可奈何，除了天上的嫦娥，他已不知還可以嚮誰發問。這寥寥十餘字，含盡無限悲憤、凄凉之意。

“白髮欺人”係化用唐人薛能詩句“青春背我堂堂去，白髮欺人故故生。”與薛能不同，辛棄疾的慨嘆，决不是一己之哀愁。不論個人境遇如何，在任何時候，國家的命運、百姓的生存都是他的頭等大事，也是令他如此痛苦的根源。

詞的上片，在充滿鬱憤的發問聲中結束。到下片，詞人情感的噴發更加激越。

乘風好去，長空萬里，直下看山河

激憤之情鼓蕩於胸，轉而變爲詞人的一番奇偉想象：乘風飛上長空，放眼俯瞰祖國萬里山河。

蘇東坡《水調歌頭》（明月幾時有）一詞中，也有“乘風歸去”的想象。但東坡是嚮往月宫，飄飄欲仙，表現的是一種超塵出世的幻想。而辛棄疾“乘風好去”，是爲了“直下看山河”——他的目光始終注視着人間，他的心懷始終牽挂着祖國。

一想到祖國的大好河山，辛棄疾便豪情萬丈，大有李白“長風破浪會有時，直挂雲帆濟滄海”之勢。他似乎在以此句自勉：即便受到再大的委屈、漠視，有再多的白髮憂愁，祖國壯麗的山河又怎能放棄呢？

斫去桂婆娑，人道是清光更多

“斫”，砍削。“桂婆娑”，指月中桂樹。

詞的最後，化用杜甫詩句“斫却月中桂，清光應更多”。明月下的杜甫懷念家人，所以想砍去月中桂樹，讓月光更清楚地照見家人。辛棄疾欲砍却婆娑的桂枝，不是爲了自己，而是要讓清澈的月光更多地灑嚮人間大地！月中桂樹，比喻造成山河割裂、人間昏暗的黑暗勢力，正如清人周濟編《宋四家詞選》眉批所言，“所指甚多，不止秦檜一人而已。”

在現實生活中，辛棄疾束手無策，只能把酒問月，徒喚奈何。但在想象的王國裏，他就能放縱情懷，氣冲霄漢，大刀闊斧地清除一切阻擋光明的邪惡雜質，重振乾坤，重光山河。他那深沉博大的情懷，至此達到頂峰。

評解

詠月抒懷，是古典詩詞中最常見的主題之一。人們或用明月寄思鄉思人之情，如李白“舉頭望明月，低頭思故鄉”，杜甫“露從今夜白，月是故鄉明”；或託明月感懷人生，如張若虛“人生代代無窮已，江月年年只相似”，蘇軾“人有悲歡離合，月有陰晴圓缺，此事古難全”……而辛棄疾的這首《太常引》，借明月抒愛國壯志，情感勃鬱激憤，在衆多賦月佳作中獨具一格。

全詞將詞人激越的情懷與奇妙的想象很好地交織在一起，層層遞進，針綫綿密，是辛詞中用小令寫大題材、發大感慨的傑作之一。

菩薩蠻

書江西造口壁

鬱孤臺下清江水，中間多少行人淚。
西北望長安，可憐無數山。

青山遮不住，畢竟東流去。
江晚正愁餘，山深聞鷓鴣。

題解

淳熙二年（1175）春末夏初，辛棄疾由建康再調京師臨安，任倉部郎官。是年七月，出爲江西提點刑獄使。此詞約作於淳熙三年（1176）春。造口，即皂口，在今江西萬安縣西南。當時辛棄疾駐節贛州，常經造口。一次，他撫今追昔，心潮難平，在造口石壁上寫下了這首詞。

菩薩蠻（鬱孤臺下清江水）詞意圖　苗重安 繪

【句解】

鬱孤臺下清江水，中間多少行人淚

“鬱孤臺”，位於今江西贛州市西南，唐宋時是登臨覽景的名勝。“清江”，指贛江，贛江從鬱孤臺下流過，經造口，朝東北方嚮入鄱陽湖。

辛棄疾登上鬱孤臺，望着臺下滔滔而過的清江水，不禁想起了四十七年前的往事。宋高宗建炎三年（1129），南遷後的宋室尚立足未定，金兵即大舉南侵，長驅直入江南腹地，南宋幾緻滅亡。眼前的清江水，該流淌着多少當年逃難經過這裏的百姓的血淚啊！他們的淚水，飽含着對失去家園的痛惜，對故土的思念，對入侵者的仇恨。

西北望長安，可憐無數山

“長安”，曾是漢、唐首都，這裏借指已經失陷的北宋都城汴京（今河南開封）。

詞人面嚮西北方嚮，極目遠望，希望可以看一看故都。可惜無數的山峰攔在眼前，欲見不能。此時的辛棄疾被朝廷調來調去，奔忙於地方事務，無法在抗金戰場上殺敵復國，這本已令他極端苦悶；如今連望一望故都都不得見，又怎能不讓他自傷自憐呢？

其實，自造口至汴京相隔數千里，即使沒有青山阻攔，也不可能望見。詞人要借此表達的，是他對淪陷故土的深切懷念。而攔在他眼前的“無數山”，隱喻的是阻攔抗金的勢力。

青山遮不住，畢竟東流去

遠處，看不見故土家園。失望中，詞人低頭俯視，脚下滾滾贛江在群山中穿行，彎彎曲曲，朝東流去。這令憂愁的他突然釋懷。青山雖然遮住了人們遥望故土的視綫，但却擋不住奔騰不息的江水，江水注定是要嚮東流的。因此，主和派、投降派暫時的阻撓，終究擋不住抗金救國的歷史潮流。“畢竟”兩字，真切地傳達出辛棄疾對未來的必勝信心。

江晚正愁餘，山深聞鷓鴣

江上天色漸晚，遠處山色漸深，此情此景之下，愁苦又襲上詞人心頭。

江水雖畢竟東流，但現實却仍令人深憂。從高宗南渡建立南宋朝廷以來已經有半個世紀了，在此間，抗金大業曾數次取得重大勝利，如南渡初年宗澤爲東京留守時，準備大舉渡河，收復失地，謂“中興之業，必可立緻”；建炎九年（1139），岳飛率部隊大破金兵，進駐朱仙鎮，離汴京不過四五十里，直搗黄龍指日可待。然而，由於主和派的阻撓、破壞，收復中原至今不得實現。這令矢志抗金的辛棄疾悲憤不已。

而辛棄疾自己，雖滿懷壯志雄心，有着經邦濟世之才，自北方投南後却始終得不到朝廷信任。他本想匯集南方力量一舉收復中原，却被派遣到南方内地擔任一系列無關輕重的“佐貳之職”。

黄昏中，詞人迴憶着、思索着……江水悠悠，愁緒重重，耳畔不住傳來鷓鴣鳥的鳴聲，低沉凄切，令他愁上加愁。

鷓鴣是古詩中經常出現的意象。傳説鷓鴣飛必嚮南，絶不北往，鳴聲悲切，似乎在説“行不得也哥哥”，所以人們常用它來表示南方人的鄉情愁緒。也許鷓鴣鳥的啼唤，同樣唤起了辛棄疾的鄉愁，唤起了他對淪陷的北方的思念；也許那一聲聲“行不得也哥哥”，讓他想到了復國之事的艱難。不論何種情況，詞到此結束，而詞人的滿懷愁苦却綿長難了，没有盡頭。

評解

詞的上片以憶舊發端，下片即景抒情。八句四十四字，飽含着辛棄疾對國家、民族命運的深沉關切和憂慮。明人卓人月所編《古今詞統》中讚此詞“忠憤之氣，拂拂指端”。

《菩薩蠻》這個詞牌，自晚唐五代以來一直是人們用來抒寫兒女柔情或小事小景的短調。辛棄疾却用它來寫大題材，發大感慨，其宏大氣魄令人嘆服。近人梁啓超言：“《菩薩蠻》如此大聲鞺鞳，未曾有也。”

滿江紅

江行，簡楊濟翁、周顯先

過眼溪山，怪都似，舊時曾識。
還記得，夢中行遍，江南江北。
佳處徑須攜杖去，能消幾緉平生屐？
笑塵勞，三十九年非，長爲客。

吴楚地，東南坼。
英雄事，曹劉敵。
被西風吹盡，了無塵迹。
樓觀纔成人已去，旌旗未卷頭先白。
嘆人間，哀樂轉相尋，今猶昔。

題解

此詞作於淳熙五年（1178）辛棄疾由臨安赴湖北途中。他以之寄贈楊濟翁、周顯先二位友人。楊濟翁名炎正，南宋詞人，著有《西樵語業》。周顯先生平不詳。

滿江紅（過眼溪山）詞意圖　張純桂 繪

【句解】

過眼溪山，怪都似，舊時曾識

客船逆水而上，重重溪流山巒一一從詞人眼前掠過。奇怪的是，這些山山水水似乎他以前就曾見過。

從南歸之初任江陰軍簽判，到此時出爲湖北轉運副使，其間，辛棄疾流落吴江，建康府任通判，遷司農主薄，出爲滁州知府，闢爲江東安撫司參議官，又遷倉部郎官，出爲江西提點刑獄、江西安撫使……十六年來調動頻繁，宦迹多處。他在離開豫章（今江西南昌）時作《鷓鴣天》詞云："聚散匆匆不偶然，二年歷遍楚山川。"江南的山山水水，他已經見得太多了。以至於眼前本來陌生的山水，也讓他有了似曾相識之感。

還記得，夢中行遍，江南江北

江南，是南宋偏安之地；江北，大片國土已經淪亡。從北到南，從意氣昂揚的少年到歷盡滄桑的中年，前塵往事，恍如夢境。

溪山過眼，無限感慨涌上詞人心頭，他不由開始徑直抒懷：

佳處徑須攜杖去，能消幾緉平生屐

詞人慨嘆，人生無多，遇到名山勝地，就應拄杖直往，自己所餘的時間，已經消耗不了幾雙登山木屐了。"緉"，一雙。"屐"，木屐，木底有齒的鞋子，六朝人登山多用。

儘管辛棄疾深憾自己没能親上前綫、殺敵報國，但在地方任上，他一直盡心盡力，從不怠慢。這期間，他做了不少有益於地方和百姓的工作，政績驚動朝野。然而他却始終得不到當權者的信任和重用，被頻頻調動。在奔波的宦途上，他纍了、倦了。他勸自己，現實太殘酷了，還是縱情山水吧。

笑塵勞，三十九年非，長爲客

可笑自己半生辛勞，三十九年的漫漫人生都錯了，一個過客而已。"塵勞"，風塵勞碌。這裏的"笑"，是苦惱人的自嘲自笑；這裏的"非"，是長期被猜忌、打擊後的憤激之言，辛酸苦辣一併包括。

南唐李煜説"夢裏不知身是客"，辛棄疾却清醒地説自己"長爲客"。亡國後的李煜夢醒獨自憑欄，想起了"無限江山"，立志復國的辛棄疾也同樣想起了國家興亡之事。

吴楚地，東南坼

“坼”，分裂，裂開。杜甫《登岳陽樓》詩有“吴楚東南坼”，極言洞庭湖寬廣，把東南之地裂爲吴、楚兩國。辛棄疾借之寫東南一帶地域開闊。

英雄事，曹劉敵

東漢末，經赤壁之戰，基本形成了魏、蜀、吴三國鼎立局面。此後，曹操稱霸北方，孫權、劉備各嚮東南、西南擴充勢力。詞人在此明頌曹、劉，暗揚孫權。當時能與曹、劉争雄者惟有孫權，而他正獨霸東南吴楚一帶。辛棄疾的另一首詞《南鄉子》云：“天下英雄誰敵手？曹劉。生子當如孫仲謀。”正與此暗合。

被西風吹盡，了無塵迹

然而，這些英雄早已逝去，跟他們有關的一切都被西風吹盡，一點痕迹也没剩下。詞人的這番感慨，並不是簡單的傷懷，而是暗指當今時代已經没有英雄。怯弱昏庸的統治者不僅自甘沉淪，而且讓像辛棄疾一樣滿腔熱血的志士無處施展，終難成英雄大業。

樓觀纔成人已去，旌旗未卷頭先白

頻繁的調動，使辛棄疾難展才略，所以他感慨自己“樓觀纔成人已去”。“旌旗未卷頭先白”，喻戰事未休，國仇未報，而自己已鬢髮先白。

然而，面對這樣的遭遇，辛棄疾又能如何呢？

嘆人間，哀樂轉相尋，今猶昔

他只能感嘆人世間的哀樂循環往復，輾轉相繼，自古如此，大可不必去斤斤計較。這樣想想，他的痛苦憂煩或許能得到一些疏緩吧。

評解

這首詞中，充滿了矛盾。一方面覺得人生如夢，一方面又對不如願的大半生耿耿於懷；一方面認爲自己只是一個匆匆過客，一方面又深深擔憂國家民族的命運；一方面苦於世事，想寄情山水，一方面又不願計較個人得失，想繼續堅持復國理想。矛盾的心態，深沉的苦悶，集結成這首江行寄友的感懷詩篇。《滿江紅》本是豪放的詞調，但此篇寫出來的却是低迴婉轉的哀情。恰如近人俞陛雲《唐五代兩宋詞選釋》所評：“《滿江紅》詞易於縱筆，以稼軒之才氣，更如陣馬風檣，但豪放則易近粗率，此作獨疏爽而兼低徊之思。”

摸魚兒

淳熙己亥，自湖北漕移湖南，同官王正之置酒小山亭，爲賦。

更能消幾番風雨，匆匆春又歸去。
惜春長怕花開早，何况落紅無數。
春且住，見説道，天涯芳草無歸路。
怨春不語。
算只有殷勤，畫簷蛛網，盡日惹飛絮。

長門事，準擬佳期又誤。
蛾眉曾有人妒。
千金縱買相如賦，脉脉此情誰訴？
君莫舞，君不見，玉環飛燕皆塵土！
閑愁最苦。
休去倚危樓，斜陽正在，烟柳斷腸處。

題解

淳熙六年（1179），辛棄疾南渡之後的第十七年，被朝廷支來支去的他再次由湖北轉運副使改調湖南轉運副使。他的同事王正之在小山亭爲他設宴餞行，他感慨萬千，寫下了這首詞。

摸魚兒（更能消幾番風雨） 詞意圖　汪國新 繪

【句解】

更能消幾番風雨，匆匆春又歸去

晚春時節，百花凋零，風雨常至，難免令人傷春。詞人對這一切更是敏感。他牽挂着那美麗的春花，還能經受得起幾番風雨？他心緒不寧，爲春的匆匆離去惋惜，却又無可奈何。

惜春長怕花開早，何况落紅無數

花是春天的象徵。花開得早，自然落得早，春就去得早。詞人對春天是這般珍惜，連花兒開早了都會感到遺憾，又怎能忍受落花無數呢。

春且住，見說道，天涯芳草無歸路

花兒既然無法遲開晚放，那么就留住春天離去的脚步吧。“春天啊，聽説海角天涯並没有你的歸處，你就留在這裏吧！”情至深處，詞人彷彿一個天真任性的孩子。

怨春不語。算只有殷勤，畫簷蛛網，盡日惹飛絮

春天没有理會詞人的挽留，她依舊悄然離去。詞人只能輕輕埋怨春的無言自去，只能四處尋找一些春的痕迹，給自己一絲慰藉。

他找了又找，最終發現，只有屋簷上的蛛網，沾滿了飄飛的柳絮，還留有少許春色。

五彩繽紛的春過後，是緑意盎然的夏。按説生性豪放的詞人應該看到這一點。然而，他深深地陷在春逝的傷感中，難以自拔。這是因爲觸景傷情，落紅無數的暗淡讓情緒低落的他更加黯然傷神。

長門事，準擬佳期又誤。蛾眉曾有人妒。千金縱買相如賦，脉脉此情誰訴

“蛾眉”，形容女子眉如飛蛾觸鬚，代指美人。

據《文選・長門賦序》，漢武帝的皇后陳阿嬌先得寵幸，後來失寵被廢，貶居長門宫。陳氏聽説司馬相如的文章天下最工，便送去百斤黄金，求得一篇《長門賦》。後來漢武帝看到此賦，有所感悟，陳皇后再度承寵。事實上，《長門賦》並非司馬相如所作，史書上也没有陳皇后被廢後復得寵幸的記載。

正如《長門賦序》的作者敢於不拘泥故事真僞一樣，辛棄疾此處也來了個大膽生發。他説，被冷落的陳皇后本已有了與漢武帝重聚的希望，但是由於遭

到武帝身邊其他女子的妒恨，緻使佳期無望。這時候，縱使陳皇后千金買得相如的生花妙筆，脉脉真情又能嚮誰傾訴呢？

詞人似爲陳皇后而傷感，其實是爲自己傷感。

南宋國勢日衰，政權腐朽，收復中原的希望渺茫。辛棄疾熱愛自己的祖國，却又不免對它痛惜、失望。在詞的上片，春的離去，實際上喻指國家的敗落。他期望春天長駐久留，但國勢却如殘春，風雨飄摇。他不願面對這個現實，然而他又怎能迴避得了？他的濟世之志、救國理想都寄託在南宋王朝的復興上，可是事與願違，眼見這些都落了空，他的心中異常苦痛、矛盾。

愛而不成，則生恨心。他痛恨權奸當道，蒙蔽君主、陷害忠良，痛恨朝廷不思恢復失地，反而排擠抗金志士。所以，他以長門陳皇后自比，哀嘆自己遭受小人妒忌，無法大展宏圖的悲慘命運。

君莫舞，君不見，玉環飛燕皆塵土

楊玉環、趙飛燕都是古代著名的美女。一個是唐玄宗的貴妃，“三千寵愛在一身”，後來安史亂中被縊死馬嵬坡下；一個是漢成帝寵極一時的皇后，結局是被廢爲庶人後自殺。

詞人對妒恨陳皇后的女子説，你們不要高興得跳起舞來，須知玉環、飛燕也難免歸於塵土，一切成空。實際上，他是在申飭、詛咒那些打擊陷害忠良的權貴奸小：你們休要得意忘形，你們難道不知道，玉環、飛燕那樣的命運，最終也會降臨到你們頭上嗎？

閑愁最苦。休去倚危樓，斜陽正在，烟柳斷腸處

詞人此刻正與同事一道飲酒話别。在這閑暇之時，他的愁，依然是家國之愁、命運之愁。惟其如此，纔令他感到“閑愁最苦”，纔説道，不要去倚靠高樓，否則會看見斜陽墜落烟柳中，令人傷心斷腸。

“梳洗罷，獨倚望江樓。過盡千帆皆不是，斜暉脉脉水悠悠，腸斷白蘋洲”（南唐温庭筠《夢江南》）；“佇倚危樓風細細，望極春愁，黯黯生天際”（北宋柳永《蝶戀花》）……從這些詞中，我們可以想見：靠着高樓，會看見一點點下墜的殘陽、蒼茫迷蒙的江水、輕烟籠罩的垂柳。這些都會令人傷悲。所以，辛棄疾説“休去倚危樓”，他害怕看到那落日殘陽的光景，害怕由此想到江河日下的國家。他的哀愁，本就已經太多太多了。

評解

表面看來，詞人是在傷春弔古，實際上他將自己的哀時怨世、憂國之情隱藏在了春殘花落、蛾眉遭妒的描寫中。傳說當年宋孝宗讀到這首詞心中非常不快，大概他是讀懂了其真意吧。

此詞的寫作手法頗似屈原《離騷》，同樣是以香草美人爲比興，來抒寫自己的政治情懷。風格上，一變辛詞常見的豪放，偏嚮柔美一路，委婉含蓄，却又與一般寫兒女柔情和風月閑愁的婉約詞大有不同。今人夏承燾評之曰："肝腸似火，色貌如花。"

醜奴儿

書博山道中壁

少年不識愁滋味，愛上層樓。
愛上層樓，爲賦新詞强説愁。

而今識盡愁滋味，欲説還休。
欲説還休，却道天凉好個秋！

題解

淳熙八年（1181）底，辛棄疾被人誣以“奸貪凶暴，帥湖南日虐害百里”，被彈劾落職。次年初，四十三歲的辛棄疾來到信州上饒（今江西上饒）城郊的帶湖閑居，時間長達十年。這首詞即作於此期間。

詞題“書博山道中壁”，表明這首詞寫在博山山道的巖壁上。博山在上饒附近，風景優美，辛氏在博山寺旁築有“稼軒書屋”，常往來於博山道中，先後在這裏寫下了十幾首詞。

醜奴兒（少年不識愁滋味）詞意圖　汪國新 繪

【句解】

少年不識愁滋味，愛上層樓

“層樓”，高樓。

在古典詩詞中，登樓與發愁緊緊相連，幾乎結成不解之緣。這大概是因爲登上高樓，極目遠望，茫茫四野，浩浩長天，最容易觸動人們的愁腸，引起感慨萬千。杜甫《登樓》詩曰：“花近高樓傷客心，萬方多難此登臨”；柳永《八聲甘州》（對瀟瀟暮雨灑江天）中有“不忍登高臨遠，望故鄉渺邈，歸思難收”。最爲典型的是陳子昂的《登幽州臺歌》，詩人站在幽州高高的樓臺上，發出了千古絶唱：“前不見古人，後不見來者。念天地之悠悠，獨愴然而涕下！”

登樓令人發愁，令人傷心，令人落淚。而這些人之所以觸景傷情，或因人生坎坷，世事滄桑，或因漂游在外，思念家鄉，或因壯志難酬，寂寞難耐。總之，心底都裝着這樣那樣的“愁”。但年少時的辛棄疾，分明不識“愁”爲何物，却偏偏“愛上層樓”。

愛上層樓，爲賦新詞强説愁

原來，他的“愛上層樓”，是爲了要寫出新的詞句，無愁尋愁，强要説愁。

少年人涉世不深，心底事淺，更不懂得人生艱難，即使登樓，也是“指點江山，激揚文字”，能有多少濃重的憂愁呢？這愁不過是無根之愁、做作之愁，是故作深沉、無病呻吟的“愁”。

“少年不識愁滋味，爲賦新詞强説愁”，詞人不僅是寫年少時的自己，也寫出了青春少年常有的特徵。

而今識盡愁滋味，欲説還休

如今的辛棄疾，嘗盡了“愁”的滋味，却不願再説“愁”了。這時的“愁”，不再是年少强説的“愁”，而是四十多年坎坷人生路上實實在在的“愁”。

辛棄疾自南歸以來，始終未能實現其驅除金兵、復國中興的壯志。不僅如此，由於他來自被金兵占領的北方，南宋統治者一直對他存有戒心，不願委以重任。此次更遭人誣陷，削職罷官，長期閑置。信而見疑，忠而被謗，這叫他怎能不“愁”？

這“愁”裏，有憂國憂民之愁，有抑鬱不得志之愁，有知音難覓之愁，有年華將逝一事無成之愁……這些愁重重地壓在心口，叫他無從説起。

欲説還休，却道天凉好個秋

飽經世事的辛棄疾已經不再説“愁”，只説天氣凉快了，多好的一個秋天啊。頑强的他似乎在勸慰自己：既然南歸報國是自己的選擇，那就只有去直面一切後果，不論好壞。所有的“愁”都不要再説了，説了只會徒增悲傷。把憂愁壓住，也許還能悠閑地體會春暖秋凉、春華秋實。

細細體味，我們還是能讀出詞中所藴含的深遠的悲凉。“天凉”，正是詞人心凉的表現。迴憶南歸以來，備受猜忌、排擠、冷落，如今不惑之年已過，依然國耻未雪，壯志未酬，詞人怎能不心生凉意？“好個秋”，初念起來似乎很輕松，多讀幾次，就會覺出一股悲凉。

唐人劉禹錫《秋詞》言：“自古逢秋悲寂寥。”在古典詩歌中，“秋”常常意味着蕭瑟、悲凉。詩人們非常偏愛“秋”，尤其是失意的詩人。從戰國時期宋玉“悲哉秋之爲氣也，蕭瑟兮草木摇落而變衰”，到唐代王勃“長江悲已滯，萬里念將歸。况復高風晚，山山黄葉飛”；從南唐李煜“無言獨上西樓，月如鉤，寂寞梧桐深院鎖清秋”，到蘇軾“世事一場大夢，人生幾度秋凉”——“秋”總帶着“悲”與“愁”。辛棄疾筆下的“秋”也是這樣。“好個秋”並不是説秋風送爽、果實纍纍、紅葉滿山的美好，而是秋風蕭蕭，凉意逼人。

評解

這首詞明白如話，却語淺意深。全詞通篇寫一個“愁”字，以少年時的假愁、閑愁，對比、反襯中年時的真愁、深愁。詞人將大半生的人生體驗濃縮在這個“愁”字中，感情深沉悲凉，撼人肺腑。

醜奴兒近

博山道中效李易安體

千峰雲起，驟雨一霎兒價。
更遠樹斜陽，風景怎生圖畫！
青旗賣酒，山那畔別有人家。
只消山水光中，無事過這一夏。

午醉醒時，松窗竹户，萬千瀟灑。
野鳥飛來，又是一般閑暇。
却怪白鷗，覰着人欲下未下。
舊盟都在，新來莫是，別有説話？

題解

此詞作於辛棄疾閑居上饒帶湖期間，與《丑奴兒·書博山道中壁》應爲同時作品。

詞題標明“效李易安體”，李易安即李清照（1084－1155），宋代著名女詞人，也是辛棄疾的同鄉。其詞婉約清麗，善於“用淺俗之語，發清新之思”，人稱“李易安體”。閑居鄉間的辛棄疾非常推崇“李易安體”，並在自己的一部分作品中有意仿效、學習。

醜奴兒近（千峰雲起）詞意圖　孫文鐸 繪

【句解】

千峰雲起，驟雨一霎兒價

山中夏日的天氣，陰晴不定。初時，滚滚烏雲從群山中涌出，迅速鋪滿天空；緊接着，暴雨刹那間傾盆而下，千峰萬壑皆籠罩在雨幕之中；不過驟雨只是一陣子，忽地雨收雲散，天青日出。“一霎兒”，宋代口語，一會兒工夫。“價”，也是當時口語，語尾助詞。

更遠樹斜陽，風景怎生圖畫

經雨水清洗後的遠樹反射着斜陽，清新明媚。這樣的風景，又怎能畫得出來呢？“怎生”，怎樣，如何。

青旗賣酒，山那畔别有人家

詞人繼續走在山道中，忽見山那一邊，青色酒旗在緑樹叢中高高飄揚。原來這深山中還有賣酒的人家。

只消山水光中，無事過這一夏

千峰、山雲、遠樹、斜陽，這畫都畫不出的風景已令詞人陶醉。意外地發現賣酒人家，更讓他驚喜了。所以他慨嘆道，只想在這山色水光中，無牽無挂地度過這個夏天。

這兩句既用以收束上片的景物描寫，又表達了詞人屏除塵世種種干擾、惟求閑散安寧的心境，爲下片進一步抒寫閑情張本。

午醉醒時，松窗竹户，萬千瀟灑

“午醉”承上片“青旗賣酒”而來，前後關合。詞人從中午的醉夢中醒來，只見窗下門前，青松疏朗、翠竹婆娑，風情萬千，令人心曠神怡。

野鳥飛來，又是一般閑暇

恰在這時，野鳥飛來，更讓人感到閑適、愜意之趣。

却怪白鷗，覷着人欲下未下

惟一讓詞人感到美中不足的，只有白鷗。它們窺探着人，似乎想下，却又在天空盤旋猶豫。“覷”，窺探，偷看。

舊盟都在，新來莫是，别有説話

詞人不禁責問它們：“我”可是與你們有過互不猜疑的盟約啊，你們怎么違背舊盟呢？

辛棄疾退隱帶湖之初，曾作《水調歌頭》（帶湖吾甚愛），中有“凡我同盟鷗鷺，今日既盟之後，來往莫相猜”之句。相傳白鷗是最無機心的禽鳥，人稱“忘機鳥”。辛棄疾與白鷗結盟，是表明自己厭倦機心，從此要遠離世事，惟與自然相親。

然而，連曾經跟他有過盟約的、最無機心的白鷗，如今也不相信他了。詞人在最後假託與鳥兒對話，來表達他對自己在官場上遭受猜忌、傾軋的不滿，以及他渴望在自然中物我兩忘，得到解脱的意願。

看來，再奇幻的天氣，再幽美的景色，再閑適的山居生活，都無法令辛棄疾真正忘懷現實，無法抹去他心中的不平，減輕他深重的憂愁。

評解

辛棄疾的大部分詞作，喜歡化用歷史典故和前人詩句，書卷氣很濃。而這首詞標明“效李易安體”，一改往日書卷之氣，用的幾乎都是當時的俗語白話，自然平易，全無雕琢藻繪的痕迹，但又能於平淡中顯出清新之美，的確有些李清照的風格。

清平樂

獨宿博山王氏菴

遶牀飢鼠，蝙蝠翻燈舞。
屋上松風吹急雨，破紙窗間自語。

平生塞北江南，歸來華髮蒼顏。
布被秋宵夢覺，眼前萬里江山。

題解

本篇亦作於辛棄疾閑居帶湖期間，描寫的是他往來博山途中獨宿王氏菴的情形。

清平樂（遶牀飢鼠）詞意圖　馬援 繪

【句解】

遶牀飢鼠，蝙蝠翻燈舞

飢餓的老鼠遶着牀竄來竄去，蝙蝠圍着昏黑的油燈上下翻舞。詞的開篇兩句，就營造出一種荒落、陰森的氛圍。

屋上松風吹急雨，破紙窗間自語

狂風夾帶着松濤，猶如洶涌波濤般放聲呼嘯；大雨瓢潑而下，急促地敲打着屋頂；糊窗紙被風撕裂，呼呼作響，彷彿自說自話。

這是一個陰森森的破菴。與諸多寧静的山寺不同，這裏充滿了動蕩不安的因子。詞人見到的，不是面色平和的佛像，而是躁亂的老鼠、蝙蝠；聽到的，不是悠揚的鐘聲，而是狂風的怒吼。

在這間荒寂破敗的空菴，在這個風雨交加的夜晚，辛棄疾獨宿難眠，前塵往事一併涌上心頭。

平生塞北江南，歸來華髮蒼顔

迴顧自己的一生，辛棄疾心潮澎湃：從塞北輾轉江南，如今歸隱山林，已是容顔蒼老，滿頭白髮。

歲月流逝，盛年不再。當年的辛棄疾，“壯歲旌旗擁萬夫，錦襜突騎渡江初”，何等豪邁雄壯！爲驅走入侵者，光復家國，他遠離故鄉，來到江南。然而，時間蹉跎，壯志始終難酬。此時的他，已過不惑之年，只能悲嘆“早生華髮”。他是那么想收復中原，報效國家，那么想勵精圖治，讓百姓安居樂業，但所有努力换來的結果却是被罷官免職，惟有閑居度日。

迴首往事，辛棄疾無論如何也無法平息滿懷的悲慨抑鬱。但是，歷盡波折的他依然“烈士暮年，壯心不已”。

布被秋宵夢覺，眼前萬里江山

一陣凄冷的秋風吹透了單薄的布被，詞人突然驚醒，眼前依稀還是夢中的萬里江山。

儘管青春不再、遲暮已至，儘管身處逆境、壯志東流，辛棄疾仍然胸懷天下，即便是在夢中，也始終不忘收復失地、一統國家的大業。

這樣的結尾，將之前凄凉悲傷的基調，立刻轉變成壯懷激烈的豪情。全詞的境界頓時提高，使人蕩氣迴腸、振奮激昂。

同時期的愛國詩人陸游在《十一月四日風雨大作》詩中寫道：“夜闌卧聽

風吹雨，鐵馬冰河入夢來。”相似的環境，一樣的夢境，不論陸游，還是辛棄疾，都從來沒有忘記過失地之痛、人民之苦。

評解

詞的上片寫獨宿王氏菴的深夜見聞，用筆精細，詞境淒厲。下片抒情寫夢境，大處落筆，寓千里於尺幅之中。結尾奇峰突起，境界大變。在萬里江山的闊大背景下，我們似乎看到了詞人高大的愛國者形象，觸撫到了他躍動着的拳拳之心。

清平樂

村居

茅簷低小，溪上青青草。
醉裏吴音相媚好，白髮誰家翁媪？

大兒鋤豆溪東，中兒正織雞籠。
最喜小兒無賴，溪頭卧剥蓮蓬。

題解

此詞作於辛棄疾閑居帶湖期間。詞中描寫了江西農村一個普通人家的生活情態。

清平樂（茅簷低小）詞意圖　杜滋齡 繪

【句解】

茅簷低小，溪上青青草

詞的開頭，詞人還未走近村舍，只是從遠處望見低小的茅屋，還有溪畔綠油油的青草。

杜甫《絶句漫興》有“熟知茅齋絶低小，江上燕子故來頻”的句子。和杜詩中的情形一樣，辛棄疾所見到的茅屋也在水邊。清澈的小溪潺潺流淌，綠綠的春草蔓延不絶，再配上溪旁的茅屋人家，一片生意盎然。

醉裏吴音相媚好，白髮誰家翁媪

微微帶着醉意的詞人沿着溪水，來到這村舍茅簷旁，還在屋外，就聽到有人正説着綿軟的吴音，相互打趣取悦。什么人有這么動聽的聲音？難道是年輕的情侣在訴説衷腸？好奇的詞人進去一看，原來是一對白髮蒼蒼的老夫婦，在家中娓娓地叙着家常。“吴音”，江西上饒一帶古屬吴國，故稱“吴音”。“媪”，古時對老年婦女的尊稱。

未見其人，先聞其聲。詞人設置了一個懸念，不僅製造出出人意外的效果，也更能體現老人晚年生活的悠閑安寧。

另有一種解釋認爲，詞中的“醉裏”並非用於形容詞人，而是形容這對白髮老人。老公公老婆婆一邊喝着酒，一邊帶着醉意閑談取樂。但如此一來，這兩句便都成了詞人對進入茅屋後所見情形的描寫，失去了先聞其聲，後見其人的效果，同時也無從表現詞人鄉居生活的悠閑自在。

老人在照看房屋，家裏其他人到哪兒去了呢？

大兒鋤豆溪東，中兒正織雞籠。最喜小兒無賴，溪頭卧剥蓮蓬

大兒在小溪東邊的豆田裏鋤草；二兒正在編織雞籠；最可愛的是小兒，年紀尚小，做不了什么農活兒，正趴在溪邊，調皮地剥着蓮蓬吃着蓮子。“無賴”，這裏指活潑頑皮。

這好像是老公公老婆婆在迴答詞人的問話，也好像是詞人在老公公老婆婆的指引下見到的情形。不管是哪種情況，字裏行間都洋溢着快樂的氣息。老人們對後輩的疼愛之情，也溢於言表。

老人看家，孩子在家附近做着力所能及的事情，農家人的生活就是這樣快樂自足。在辛棄疾筆下，鄉村生活没有煩惱，雖然忙碌但是安寧。這正是他理想中百姓的生活狀態。

評解

這首詞輕筆淡墨，宛然一幅農家素描，令人賞心悅目。詞人將醉眼所睹信手寫來，語言樸質平易，畫面鮮活生動。所寫之景，清新恬淡，所寫之人，各具面目，讀來只覺歷歷在目，又叫人浮想不絕。短短四十六字的小令，寫出如此豐富的內容，足見詞人觀察之細微，藝術概括之高妙。

從這首稼軒鄉村詞的代表作中，我們可以窺見這位雄豪之士精神世界中淳厚質樸，追求閑適從容、樸實平淡的另一面。

清平樂

檢校山園，書所見

連雲松竹，萬事從今足。
拄杖東家分社肉，白酒牀頭初熟。

西風梨棗山園，兒童偷把長竿。
莫遣旁人驚去，老夫靜處閑看。

題解

自宋孝宗淳熙九年（1182）至光宗紹熙二年（1191），辛棄疾被罷官閑居於上饒城北的帶湖長達十年之久。據今人鄧廣銘《稼軒詞編年箋註》推論，此詞“當作於隱居帶湖最初之三數年内”。辛棄疾在帶湖的居第依山而建，所以他稱之爲“山園”。從詞序可知，詞寫的是他巡視山園的所見。

清平樂（連雲鬆竹）詞意圖　杜滋齡 繪

【句解】

連雲松竹，萬事從今足

鬱鬱葱葱的青松翠竹，與雲端相連。生活在這青松、翠竹、白雲間，辛棄疾怡然自足。

他所以感到"萬事從今足"，不僅是因爲可以徜徉於山間林泉，更因爲松竹身上，寄寓着他高潔的心性。松、竹、梅，歲寒三友也。在文人雅士看來，它們是堅貞頑强、持節不阿的象徵。

"從今足"三字，説明這之前的辛棄疾從來没有感到滿足過。這全是因爲故鄉淪陷，因爲國家危難，因爲壯志難酬。南歸後的辛棄疾不但没能在抗金戰場上英勇奮戰，反而在複雜的官場上摔得頭破血流。他痛苦、抑鬱、怨恨，極度的失望中又還帶着從不放棄的希望。

"連雲松竹"是否真的就令辛棄疾從此心滿意足了呢？從他閑居帶湖時期的作品中可以看到，他依然還有憤懣、不平，他始終是一個錚錚鐵骨的愛國英雄。不過，幽美的自然環境，閑適的鄉村生活，還是能淡化他的愁懷，或者暫時讓他忘記煩憂。

拄杖東家分社肉，白酒牀頭初熟

閑居的詞人親自拄着竹杖，到村東頭主持祭祀的人家分迴應得的一份社肉，而自家新釀的白酒正好剛從糟牀上榨出來。有酒有肉，足可醉飽逍遥。"社肉"，古時鄉俗，春秋兩次祭土地神，稱社日，祭神結束後，會將作爲祭祀品的牲畜熟肉分給各家，以求降福。"牀頭"，指糟牀，釀酒器具。

能分得社肉，説明閑居鄉里的詞人已經融入了當地百姓的生活。就着社肉，喝着新酒，在詞人看來，這樣的生活悠哉游哉、休閑自適，更可令他"萬事從今足"。

西風梨棗山園，兒童偷把長竿

秋天的西風吹熟了山園裏的梨子、棗子，孩子們拿着長長的竹竿，在樹下偷偷地打果子吃。

鄉村人家的果樹長在房前屋後，頑皮的孩子總會趁主人不注意偷打幾個果子。一個"偷"字，表現出孩子們小心翼翼的樣子。他們大概是邊打果子，邊緊張地東張西望，看看有没有人來。

莫遣旁人驚去，老夫静處閑看

辛棄疾發現了這些頑皮的村童，却毫不生氣，反而命令家人：不要去驚動這些可愛的孩子！他自己則找了一個僻静的地方躲了起來，安閑地看着孩子們把剛熟的梨棗打摘個够。

秋風中，褐色的梨、紅色的棗挂滿枝頭，幾個小孩踮着脚，手裏的長長竹竿在樹上晃來晃去；另一邊的角落裏，白髪的“老夫”躲在静處，微笑着觀看這些孩子的“小把戲”。畫面中一老一少，一動一静，妙極趣極。

這一場景很容易讓人聯想到杜甫的《又呈吴郎》：“堂前撲棗任西鄰，無食無兒一婦人。不爲困窮寧有此？只緣恐懼轉須親……”杜甫憐惜偷棗的窮老婦人，是同情她的遭遇；辛棄疾任由孩子們偷棗，是出於由衷的愛憐，也是爲了感受他們的快樂。雖然兩人面對的情况不同，但其中的寬厚、人道是相通的。

評解

這首秋日即事的小令，用平實樸素的描叙，寫詞人閑居期間田園生活之樂趣，表達了他閑適達觀的心情和對鄉村風土人物的由衷喜愛。

八聲甘州

夜讀《李廣傳》，不能寐。因念晁楚老、楊民瞻約同居山間，戲用李廣事，賦以寄之。

故將軍飲罷夜歸來，長亭解雕鞍。
恨灞陵醉尉，匆匆未識，桃李無言。
射虎山橫一騎，裂石響驚弦。
落魄封侯事，歲晚田園。

誰嚮桑麻杜曲，要短衣匹馬，移住南山。
看風流慷慨，談笑過殘年。
漢開邊，功名萬里，甚當時健者也曾閑？
紗窗外，斜風細雨，一陣輕寒。

題解

辛棄疾並不是第一次讀《史記・李廣傳》。但在特殊的時期——被彈劾罷官閑居上饒帶湖之時，再一次讀《李廣傳》，讓他感慨萬千，夜不能寐。他想起了友人晁楚老、楊民瞻約自己同隱山間的邀請，就引用有關李廣的典故寫了這首詞，以明心迹。

八聲甘州（故將軍飲罷夜歸來）詞意圖　汪國新 繪

李廣（？－前119），西漢名將，率領漢軍抵禦匈奴入侵，英勇善戰，使匈奴數年不敢攻擾，人稱“飛將軍”。李廣雖戰功纍纍，却不但未被封侯，還多次被罷免或降職，最後受屈含憤自殺。辛棄疾閑居期間的作品多次提到李廣，因爲李廣的遭遇常常使他聯想到自己。

【句解】

故將軍飲罷夜歸來，長亭解雕鞍。恨灞陵醉尉，匆匆未識，桃李無言

這段故事出自《史記·李將軍列傳》。李廣因與匈奴作戰失利而被罷官，閑居在長安附近的終南山。一天，李廣深夜醉歸，路經灞陵亭，恰亭尉醉酒，不許李廣通過。隨從通報：“這是故將軍。”亭尉言：“現任將軍尚且不準夜行，何况故將軍！”遂令李廣宿於亭下。

“桃李無言”，是諺語“桃李不言，下自成蹊”的略寫，意爲桃李雖不會説話，但喜愛它們的人絡繹不絶，在樹下踩出了路來。司馬遷在《史記·李將軍列傳》末尾用“桃李不言”的諺語來讚美李廣雖不善辭令，却是天下景仰的英雄。

李廣無端遭到灞陵亭尉的呵斥輕侮，無非是因爲他已被廢罷，是無權無勢的“故”將軍。而此時的辛棄疾，同樣是被罷官閑居，所以他纔會對李廣的這次遭遇耿耿於懷，纔會寫道“恨灞陵醉尉”。

這個“恨”字，所責備的其實並不僅僅是淺薄勢利、不識英雄的亭尉。亭尉固然可恨可鄙，但朝廷又有誰能識拔這位屢建奇功、一心爲國的志士呢？不正是因爲朝廷的罷免，纔使本應馳騁沙場的將軍借酒澆愁，飲罷夜歸嗎？辛棄疾真正“恨”的，是對英才的摧殘。

射虎山横一騎，裂石響驚弦

誰會想到，今日受小小亭尉侮辱的“故將軍”曾經是多么的强悍威猛。辛棄疾没去寫李廣如何英勇殺敵，只舉了一個日常的例子：一日李廣出獵，誤將草中巨石認成老虎，引弓勁射，箭穿石而入。

然而，無論多么神武强悍，無論立下多少功業，李廣終究還是成爲了“故將軍”。這令辛棄疾無限感慨。

落魄封侯事，歲晚田園

據《史記·李將軍列傳》，李廣一生經歷大小七十餘戰，“自漢擊匈奴，而廣未嘗不在其中。”雖屢立戰功，但始終未被封侯，晚年更被廢爲庶人，閑居山間。對自己的遭遇，李廣憤憤不平。他自言“諸部校尉以下，才能不及中人，然以擊胡軍功取侯者數十人。而廣不爲後人，然無尺寸之功以得封邑者，何也？”

辛棄疾讚賞李廣，同情李廣。李廣的豪情壯志和坎坷遭遇，與他自身如此相似，所以他與李廣“同病相憐”，更對這種不公鬱憤難平。

誰嚮桑麻杜曲，要短衣匹馬，移住南山。看風流慷慨，談笑過殘年

杜甫《曲江三章》其三云：“自斷此生休問天，杜曲幸有桑麻田，故將移住南山邊。短衣匹馬隨李廣，看射猛虎終殘年。”

辛棄疾摘取杜詩，而冠以“誰嚮”，表示自己不願應友人之約，像杜詩中描繪的那樣隱居田園，種桑植麻，了此餘生。他想要的，是隨李廣獵居南山，騎馬射箭，在雄壯豪邁、慷慨激昂中度過剩下的歲月。

歷史上，被罷免閑居的李廣後來又被起用。或許辛棄疾從李廣的經歷中，多少看到了希望——李廣尚有再上沙場抗擊匈奴的機會，我辛棄疾又怎么一定不會有呢？因而，他拒絕隱居田園，悠悠閑閑，而是要保持鬥志，等待時機東山再起。可以説，不管受到多少打擊，辛棄疾馳騁沙場、收復中原的雄心壯志從來没有熄滅過。

漢開邊，功名萬里，甚當時健者也曾閑

漢代重視開闢疆土，多少人在萬里邊疆建立了功名，但爲什么還有像李廣這樣令敵人聞而喪膽的英雄人物被等閑視之，閑置高閣？

而如今，國家急需能人志士抗擊金兵、一統大業，辛棄疾的滿腔報國熱情却無人理會。英雄無報國之門，看來自古如此。更何况當下之南宋，朝廷不思進取，國勢衰頽，遠不能與漢朝相比。漢時李廣尚被閑置數年，辛棄疾的命運又會如何呢？

紗窗外，斜風細雨，一陣輕寒

詞人將視綫從桌上的《史記》移嚮窗外。他無法迴答自己的問題。能人志士被閑置不用，不就是當權者排斥忠良、統治者昏庸無能所緻嗎？但這個答案，實在太尖鋭了，他不能説出。於是他只好説説窗外的“斜風細雨，一陣輕寒”。

蘇軾《和劉道原詠史》一詩中有“獨掩陳編弔興廢，窗前山雨夜浪浪”。和蘇軾一樣，辛棄疾也“摧剛爲柔”，將讀史的萬千感慨都寄託於眼前之景，含蓄蘊藉，引人深思。

評解

詞人借李廣故事，申訴自己無端落職、賦閑家居的不平，表達對當權派傾軋忠良的不滿，同時抒寫自己雖遭打擊而意志不衰的壯士懷抱，是典型的借古人酒杯、澆胸中塊磊之作。全詞將史事典故、前人詩句與自己的感慨情緒化爲一體，鮮明地體現了辛詞善於用典的特色。

賀新郎

同甫見和，再用韻答之

老大那堪説?

似而今元龍臭味，孟公瓜葛。

我病君來高歌飲，驚散樓頭飛雪。

笑富貴千鈞如髮。

硬語盤空誰來聽?

記當時，只有西窗月。

重進酒，换鳴瑟。

事無兩樣人心别。

問渠儂，神州畢竟，幾番離合?

汗血鹽車無人顧，千里空收駿骨。

正目斷關河路絶。

我最憐君中宵舞，道男兒到死心如鐵。

看試手，補天裂。

賀新郎（老大那堪說）詞意圖　徐震時 繪

題解

此詞作於淳熙十六年（1189）春。同甫，辛棄疾好友陳亮（1143－1194）的字。辛、陳二人結識於中原，此後辛棄疾南歸在朝爲官，陳亮仍是一介布衣，雖然“雲泥異路”，却仍肝膽相照。淳熙十五年（1188）冬，陳亮冒着風雪，從浙江東陽跋涉三百里，來到辛棄疾罷官後閑居的帶湖相聚。分别後，辛棄疾追之不舍，但爲風雪所阻，惆悵而歸後寫下一首《賀新郎》寄給陳亮。陳亮很快和了一首《賀新郎・寄辛幼安和見懷韻》。辛棄疾見到陳亮和詞後，寫下了這首詞酬答。

【句解】

老大那堪説

此時的辛棄疾年已五十，解職已經八年。這開篇第一句雖是接陳亮和詞中“老大憑誰説”的話頭，却浸透了辛棄疾幾十年的辛酸苦淚。二十出頭，叱咤風雲；年過半百，理想落空。老大無成，還能有什么話可説呢？

似而今元龍臭味，孟公瓜葛

辛棄疾感嘆道，往事不堪迴首，如今也只有他和陳亮二人的情誼可堪一提。

“元龍”，三國名士陳登的字。陳登憂國憂民，以天下爲己任。“孟公”，西漢陳遵的字。陳遵生性豪爽，嗜酒好客，每宴賓客，爲暢飲盡興，便閉上門户，把客人所乘之車的車轄扔到井中，令客人無法離去。

辛棄疾連用古代兩個陳姓豪士來比擬陳亮，説自己與陳亮思想一緻，志趣相投，互爲知音。因此儘管和陳亮一别已經多日，辛棄疾仍對二人相聚的情形念念不忘。

我病君來高歌飲，驚散樓頭飛雪

陳亮來訪時，辛棄疾正卧病於牀。多年好友忽然出現在眼前，令病中的辛棄疾一下變得興緻勃勃。他們登上高樓，對酒高歌，縱談天下。

平日裏的辛棄疾，大概只能無言“獨”上高樓。而今日有好友相伴，高歌暢飲，意氣風發，竟然使得樓頭的積雪“驚散”，化作片片雪花飛揚。這誇張的“飛雪驚散”，將兩人的英雄氣概與狂放精神表現得淋漓盡緻。

笑富貴千鈞如髮

世人覺得重如千鈞的“富貴”在辛、陳二人眼中不過輕如毛髮，完全可以一笑置之。他們看重的是國家的前途、人民的命運。

硬語盤空誰來聽

能讓辛、陳二人談論得如此激烈昂揚的，必定是收復中原、救濟天下蒼生的大事。然而，他們滿腔的熱情，換來的只是“硬語盤空誰來聽”的結局。“硬語盤空”化用韓愈《薦士》詩“橫空盤硬語，妥貼力排奡”，韓詩原意是讚孟郊詩歌語言剛硬，這裏借指二人鏗鏘剛直的政治言論。

這些言論儘管益國益民，但是世無知音，治國的良言竟無人採納。“誰來聽”之問，其實是反問，因爲辛棄疾明知曲高和寡，根本不會有人來聽。這一問，既蘊含着他深深的悲哀，也是對朝廷當權派的嚴厲指問。

記當時，只有西窗月

當時陪伴他們的，只有西窗外泛着冷光的月亮。

可無知無覺的月亮怎能聽懂他們的談話，領會他們的心意呢？清冷的夜裏，偌大的空間，只有辛棄疾與陳亮在激昂高歌、縱論時勢，他們多么孤獨、多么落寞！

重進酒，換鳴瑟

境遇的孤獨凄涼，壓不住志士們的慷慨激揚。夜雖已深，但他們興緻仍濃，於是一次又一次地斟酒，一次又一次地歡樂。看來，他們是要徹夜長談了。

“酒逢知己千杯少”，這么多的酒，也没能令辛棄疾在醉中忘懷憂愁。相反，在酒的刺激下，他所有的痛苦、激憤之情一下噴涌而出，勢不可擋。

事無兩樣人心別

金人侵占中原，並不斷欺壓、勒索南宋小朝廷，面對這同樣的事實，人心却有分别。抗戰派力主收復失地，重振江山；主和派却一心求退，只求偏隅一方。

在辛棄疾看來，這些主和的人簡直不可理喻。收復淪喪的國土，這天經地義的事爲什么在南宋小朝廷這裏就不行了呢？

問渠儂，神州畢竟，幾番離合

陳亮在和詞中説，中原的父老大半死去，新生的人忘記了故國和民族，中原將要變成金人的領土。想到這些，辛棄疾悲憤異常，他憤怒地質問主和者：你們究竟要讓神州大地在敵人的鐵蹄之下分裂多久？國家的統一究竟什么時候纔能實現？“渠儂”，江浙方言中對他人的稱謂，這裏指臨安朝廷的那些當權人物。

汗血鹽車無人顧，千里空收駿骨

“汗血”，即汗血寶馬，因流汗如血而得名，奔跑如飛。漢武帝爲了得到它，曾派二十萬大軍進攻其出産地西域大宛。“鹽車”，《戰國策》中有一個千里馬拉鹽車狼狽不堪的寓言，比喻優秀的人才不能被合理利用。

本應馳騁沙場的汗血寶馬却被當作駑馬來用，何其不幸，何其令人嘆惋！辛棄疾與陳亮的命運就是如此。辛棄疾二十三歲南歸後，爲抗金復國獻計獻策，但朝廷却毫不理會。近二十年的宦海生涯，他屢遭打擊，如今已被罷官閑置七年之久。陳亮的境遇更加悲慘。他力主抗金北伐，“獨奮迹於草野，詆排衆議，倡言恢復”，獻愛國奏章於宋孝宗，令其赫然震動。然而就是這樣一個忠貞之士，竟然被人“以爲狂怪”，幾乎被置於死地。

像辛棄疾、陳亮一樣的人才被埋没、屈辱，而南宋朝廷執政者竟然還虛僞地標榜自己虛懷若谷，招賢納士。

《戰國策》記載，燕昭王想招賢，郭隗給他講了這樣一個故事：古時有國王想買千里馬，有人替他花五百金買了一幅死馬骨，國王大怒。此人辯曰，死馬都肯出五百金，何况活馬，如此一來，世人就都知你買馬的誠意了。果然，不到一年，國王就買到了三匹千里馬。

辛棄疾指出，縱然朝廷擺出一副肯花五百黄金購買駿馬死骨的愛才姿態，對國家百姓又有什么實際意義呢？“千里空收駿骨”中的“空”字，不僅是説南宋朝廷的故作姿態毫無用處，也包含着辛棄疾對自己和陳亮一樣的人才得不到重用的遺憾與怨恨。

正目斷關河路絶

大雪茫茫，道路中斷，不通關河。眼前之景令辛棄疾又想到了國家的中興大業。收復中原之路不正像脚下的路一樣，被人阻絶了嗎？

我最憐君中宵舞，道男兒到死心如鐵

儘管如此，抗金志士們也從未放棄過復國的理想。辛棄疾如此，他引爲同道的陳亮亦是如此。

“中宵舞”，用東晋抗戰名將祖逖“聞雞起舞”事。據《晋書·祖逖傳》，祖逖和劉琨二人爲好友，共被同寢，每聞中夜雞鳴，祖逖即喚醒劉琨，同去舞劍。辛棄疾在此將陳亮比作祖逖，讚賞他逆境之中依然奮發有爲、雄心不死的精神。

看試手，補天裂

“補天裂”，傳説遠古時候，共工與祝融交戰，不勝而怒，頭撞不周山，撞折了天柱，天缺了一個大口，地也陷了下去，水生火起，人民掙扎在苦難之中。幸虧女媧煉五色石以補天，並砍斷大鰲的四隻脚，用它們支起天空，然後，她又治水滅火，使人民擺脱了苦難。

朋友陳亮的堅持與執著，令辛棄疾豪興大發。他鼓勵陳亮，同時也鞭策自己：一定要收復中原失地，整頓破碎的山河，拯救危難的國勢！

評解

全詞慷慨悲歌，雄放蒼涼，音節鏗鏘，讀之字字響亮，如金石擲地。辛棄疾閑居帶湖，念念不忘國事之作甚多，却以此篇最爲激憤昂揚。

詞中表現的辛、陳情誼深摯動人。杜甫曾用“世人皆欲殺，吾意獨憐才”表達他對李白的情誼，而辛棄疾後來在爲陳亮寫的祭文中亦有“人皆欲殺，我獨憐才”之語。李杜友情傳爲千古佳話，四百年後的辛、陳情誼，同樣令人唏嘘感嘆。

破陣子

爲陳同甫賦壯詞以寄之

醉裏挑燈看劍，夢迴吹角連營。
八百里分麾下炙，五十弦翻塞外聲。
沙場秋點兵。

馬作的盧飛快，弓如霹靂弦驚。
了却君王天下事，贏得生前身後名。
可憐白髮生！

題解

這首詞大約寫於辛棄疾和陳亮用《賀新郎》詞調唱和之後不久。

唐代樂曲中有“象武事”的《破陣樂》，唐太宗讚其“發揚蹈厲”。《破陣子》之曲，當由此大曲摘編而來，以之“賦壯詞”，自然聲情並茂。但此詞名爲“壯詞”，却壯中含悲，可說是一首失意英雄的慷慨悲歌。

破陣子（醉裏挑燈看劍）詞意圖　劉旦宅 繪

【句解】

醉裏挑燈看劍，夢迴吹角連營

黑夜，醉意朦朧的壯士挑亮油燈，反反復復地凝視、撫弄手中寶劍。這劍曾陪伴他馳騁沙場，殺敵無數，如今却被閑置一旁。

詞的開篇突兀而起，以三個富有特徵性的動作，塑造出了一位失意英雄的形象。雖然只有短短六字，却飽含豐富而深沉的感慨。酒後醉裏的壯士，撫弄着熟悉的寶劍，心頭必定充鬱着萬千惆悵，難遣難消。

寶劍的泠泠清輝，帶着壯士迴到了魂牽夢遶的軍營。醉夢醒來，那響亮的號角猶然聲聲在耳。

八百里分麾下炙，五十弦翻塞外聲

夢中的軍營氣氛依然熱烈，將士依然豪邁。他們分吃着烤熟的大塊牛肉，衆多的樂器合奏出雄壯悲涼的塞外之歌。“八百里”，指牛，《世説新語·汰侈》：“王君夫有牛，名八百里駮。”“麾下”，部下。“炙”，烤熟的肉。“五十弦”，本指古樂器瑟，此處泛指各種樂器。“翻”，演奏。

沙場秋點兵

看着，聽着，壯士很自然地迴想起了自己的峥嶸歲月：秋日天空明净高遠，遼闊的戰場一覽無餘，身爲主帥的他一身戎裝，立於千軍萬馬之前，鎮定從容，檢閱軍隊。秋風吹起軍旗飄飄，也吹起了將士們的戰袍。

這恢宏的氣勢，詞人僅僅用了五個字，就描繪得如在眼前。

馬作的盧飛快，弓如霹靂弦驚

繼上片“點兵”之後，下片開始寫戰鬥的驚險場面：戰馬像的盧一樣快跑如飛，弓弦的響聲如驚天霹靂。“的盧”，駿馬名。相傳三國時劉備在荊州遇難，所騎的盧馬載着他一躍三丈，越過檀溪，得以解脱。

詞人並未直接寫如何英勇殺敵，但通過寫馬、寫弓，人的意氣風發、英勇無畏已經躍然紙上。

了却君王天下事，贏得生前身後名

壯士出生入死，拼搏沙場，是爲了要“了却”君王平定天下的大事——驅除金兵，收復中原，從而建立一番不朽功業。

可憐白髮生

沉醉在對過去的緬懷中，壯士激情萬丈，字裏行間洋溢着欣慰之情。然而，醉夢的他終究要面對殘酷的現實：可憐頭上白髮已生，“了却君王天下事，贏得生前身後名”的壯志還只是一紙空文。

由夢境迴到現實，詞人的情緒一落千丈。令他覺得“可憐”的，並不是自己的老去。直到六十六歲時，不服老的他還寫道：“憑誰問，廉頗老矣，尚能飯否？”真正“可憐”的，是年華空逝、壯志難酬。

辛棄疾在詞序中自言“爲陳同甫賦壯詞以寄之”。詞的前面九句寫得雄姿英發、酣暢淋漓，的確可稱得上是“壯詞”；但到這最後一句，來了一個大轉折，寥寥五字，却似乎一下否定了前面的所有文字，整首詞的基調也由雄壯一變而爲悲壯。

評解

此詞通過對青年時期橫戈躍馬戰鬥生活的深情迴憶，抒發了詞人報國無門、壯志難酬的苦悶。近人梁啓超評曰“無限感慨，哀同甫，亦自哀也”，正是抓住了它的主旨。

全詞的結構章法十分奇特，它打破了一般作詞以一片爲一個段落的成規，而是從上片起句一氣貫注到下片“贏得生前身後名”一句，成爲一個段落。下片的最後一句“可憐白髮生”單成一段，一聲浩嘆，作大反跌。如此一來，對比强烈，鮮明地突顯了理想和現實的矛盾。辛棄疾運用這樣的手法，並非故意賣弄技巧、追求新奇，而是真情所緻，心頭百感噴薄而出，便自然而然地打破了常規。

西江月

夜行黄沙道中

明月别枝驚鵲，清風半夜鳴蟬。
稻花香裏説豐年，聽取蛙聲一片。

七八個星天外，兩三點雨山前。
舊時茅店社林邊，路轉溪橋忽見。

題解

此詞爲辛棄疾罷官閑居帶湖時所作。黄沙，指黄沙嶺，位於上饒城西四十里處，閑居的辛棄疾常來此游玩，很欣賞這裏的溪山之美。這首詞寫的便是某個夏夜，他行於黄沙嶺田間小路上的所見所聞。

西江月（明月别枝惊鹊） 词意图 孙志卓 绘

【句解】

明月别枝驚鵲，清風半夜鳴蟬

詞的前兩句，由六個名詞詞組組成，描繪出了一幅清新的鄉村夏日夜景：夜空晴朗，月亮悄悄昇起，投下如水的月光，驚起了枝頭的烏鵲；夜半時分，清風徐徐吹來，把蟬的鳴叫聲也送了過來。

烏鵲對光綫的變化極其敏感，月上時分，它們常會被月光驚起，亂飛亂啼。曹操《短歌行》有“月明星稀，烏鵲南飛。遶樹三匝，無枝可依”，蘇軾《杭州牡丹》有“月明驚鵲未安枝”。

首句中“别枝”之意，一直衆説紛紜。有解作“遠枝”；有解作“斜伸的樹枝”；有解爲“烏鵲要離開樹枝飛走”；有解爲“烏鵲揀選樹枝”；還有人解爲“月亮離别了樹枝”。雖然難有定論，但從一二兩句對偶考慮，“别枝”對應“半夜”，“别”字當是形容、修飾“枝”的，故解釋爲“遠枝”或“斜伸的樹枝”似乎更爲恰當。

詞人雖是夜行，却似乎一點也不着急。我們彷彿看見他不緊不慢地行走在山路上，一會兒看看明月走到哪裏了，一會兒聽聽烏啼蟬鳴，悠閑自得。此時的他，没有需要快馬加鞭的緊急公務要處理，也不用爲他人的指責、誹謗而徹夜難眠。雖然遭彈劾免職，胸中還有諸多憤懣愁苦，但美麗的自然和恬淡的鄉村生活替他化解了部分的憤激之情。所以，在這美好的夏日夜晚，走在寧静的山間小路上，他已經完全沉浸於清風明月之中。

稻花香裏説豐年，聽取蛙聲一片

路旁的稻田裏，稻花飄香，預告着又一個豐年的到來。田裏的青蛙也不甘寂寞，陣陣叫聲此起彼伏，連成一片。

七八個星天外，兩三點雨山前

月光下，嗅着稻花的香味，聽着蟬鳴蛙叫，輕松愉快的詞人繼續信步前行。擡頭望空，“七八個星”挂在天邊，稀稀落落，原來星星們都叫烏雲給遮擋住了。突然，山前下起小雨來，“兩三點雨”滴落到了詞人身上。

這一來，剛纔還閑情逸緻的詞人不禁有些着急了。夏日的天，説變就變，也許一場傾盆大雨就會繼之而來呢？他加快了脚步，趕着尋找避雨之所。

舊時茅店社林邊，路轉溪橋忽見

從山嶺小路轉過彎，過了一座溪橋，就在土地廟旁的樹林外，一座茅屋突然出現在詞人眼前。高興的他細細一看，竟然就是從前落過脚的那家小店。“社”，土地廟。

評解

這首詞以輕快靈活的筆調，描繪了寧静而又生機勃勃的鄉村夏夜景象。詞人將眼中所見、耳中所聞信手拈來，略加點染，置入畫面，看似粗枝大葉，實則别具風流。詞中美景與閑情融爲一體，没有高深的典故和華麗的詞藻，却清新可人，生動有趣。

水龍吟

過南劍雙溪樓

舉頭西北浮雲，倚天萬里須長劍。
人言此地，夜深長見，斗牛光焰。
我覺山高，潭空水冷，月明星淡。
待燃犀下看，憑欄却怕，風雷怒，魚龍慘。

峽束蒼江對起，過危樓，欲飛還斂。
元龍老矣，不妨高卧，冰壺凉簟。
千古興亡，百年悲笑，一時登覽。
問何人又卸，片帆沙岸，繫斜陽纜。

題解

宋光宗紹熙三年（1192）春，已在帶湖閑居十年之久的辛棄疾被重新起用爲福建提點刑獄。次年春，受召入朝，留在朝中作太府少卿。爲期剛半年，朝廷又派他重迴福州任知州兼福建路安撫使。返閩後他大刀闊斧改革弊政，擴軍練軍，招來既得利益者的不滿和嫉恨。紹熙五年（1194）秋，辛棄疾再次被誣告落職，只得再度迴到江西農村閑居。在歸途中，他經過南劍州（治所在今福

水龍吟（舉頭西北浮雲）詞意圖　于守義 繪

建南平市），登上雙溪樓，寫下了這首詞。雙溪樓，因建在南平劍溪、樵川二水匯流之處而得名。

【句解】

舉頭西北浮雲，倚天萬里須長劍

此時的辛棄疾已經五十五歲，南歸已經三十三年。站在高高的雙溪樓上，他又習慣性地朝西北方嚮眺望。然而，映入他眼簾的，却是西北上空遮天蔽日的浮雲。浮雲之下的中原失地，會是如何一片水深火熱、生靈塗炭啊！

想到這些，辛棄疾心潮難平。他環視四週，只見劍溪邊的山峰峭拔千仞，如長劍斜立天邊。這啓發了他："倚天萬里須長劍"，要想收復中原，重整萬里江山，同樣需要如此强有力的力量。

人言此地，夜深長見，斗牛光焰

由設想中的倚天長劍，詞人又就地想起了劍溪所埋的兩把靈異寶劍。

據《晉書·張華傳》，西晉張華見斗、牛二星間有紫氣，嚮雷焕請教。雷焕迴答這是寶劍神光冲天，寶劍應當在江西豐城地區。張華於是派雷焕到豐城任縣令，果從地下掘得雙劍，一名"龍泉"，一名"太阿"。挖出寶劍當晚，斗、牛間的紫氣就消失了。雷焕送一劍給張華，一劍自佩。張華死後，其劍隨之失踪。雷焕死後，其子持劍過延平津（即劍溪），寶劍忽於腰間躍出，飛入水中。下水尋找，不見寶劍，只見雙龍盤旋，頃刻間，水面光彩照人，波浪翻騰。

我覺山高，潭空水冷，月明星淡

詞人並未得見寶劍的冲天神光，只覺山勢高峻，而傳説中寶劍化龍之潭空空蕩蕩，只剩下一潭冷水。舉頭望空，月色明亮，星光暗淡。

待燃犀下看，憑欄却怕，風雷怒，魚龍慘

一心尋求寶劍的詞人想點起火把，到潭中探尋，却又擔心惹起水底妖魔興風作浪。"燃犀"典出《晉書·溫嶠傳》：東晉將軍溫嶠路過牛渚磯，水深不可測，人言水中多妖。溫嶠點燃犀角下照，一會兒，水底就涌出各種妖怪。"魚龍"，指水中妖魔。"慘"，狠毒之意。

峽束蒼江對起，過危樓，欲飛還斂

不能深入潭下，詞人只好繼續在樓上觀山峽江濤。劍溪、樵川兩條江水匯合後，流過高高的雙溪樓，水勢激蕩，奔騰欲飛，却因有峽谷的束縛，不得不有所收斂。

元龍老矣，不妨高卧，冰壺凉簟

看着洶涌的江流被峽谷所束，詞人想到了受制於時局的自己。他對自己説，“我”已經老了，不妨一壺冷酒，一張竹席，退隱閑居，不問世事，悠悠閑閑地度過餘生吧。

“元龍”，漢代名士陳登的字。陳登心繫天下，憂國憂民，辛棄疾在此以其自喻。歷經多年奮戰、磨難，他已經老了，疲憊不堪，此番又遭罷退打擊，只好强作達觀，勸慰自己。

千古興亡，百年悲笑，一時登覽

站在這“危樓”之上，一時間，千年興亡的歷史長河，百年興衰的國家命運，還有自己幾十年間的身世浮沉、喜怒哀樂，一併從詞人眼前流過。此時的他，胸中該翻滚着多少波濤？

問何人又卸，片帆沙岸，繫斜陽纜

心潮澎湃的詞人再次將目光投嚮遠方：夕陽西下，試問是何人在斜陽中的沙岸邊卸帆繫舟？

收起纜繩，意味着不再揚帆，意味着迴家。儘管此時的辛棄疾胸中依然滿懷着激情，心中依然記挂着國運，但他也只能歸去“高卧”了。

評解

辛棄疾的登覽詞多寫得雄放壯闊，而這首詞摭取當地傳説，關合眼前景色，婉曲頓挫，並非徑自豪放一路。

詞的上片以寶劍起興，呼喚“倚天劍”掃蕩西北浮雲妖孽，豪氣籠蓋全篇。接着援引寶劍在此地化龍的神話，以用來克敵制勝的“寶劍”已難尋到，象徵南宋抗金力量久遭沉埋，難以重振。繼之以想燃犀尋劍，却又怕水中妖魔作怪，暗喻自己雖想繼續報國，却遭小人阻攔。下片先以峽束蒼江比喻英雄受困於時局，然後寫内心的矛盾：一方面深深憂慮國家前途命運，一方面無能爲力，只能勉强安慰自己“不妨高卧”。全篇悲慨難抑，沉雄頓挫，呈現出典型的稼軒詞風格。

沁園春

靈山齊菴賦，時築偃湖未成

疊嶂西馳，萬馬迴旋，衆山欲東。
正驚湍直下，跳珠倒濺；小橋橫截，缺月初弓。
老合投閑，天教多事，檢校長身十萬松。
吾廬小，在龍蛇影外，風雨聲中。

爭先見面重重，看爽氣朝來三數峰。
似謝家子弟，衣冠磊落；相如庭户，車騎雍容。
我覺其間，雄深雅健，如對文章太史公。
新堤路，問偃湖何日，烟水濛濛？

題解

此詞約作於慶元二年（1196）辛棄疾閑居瓢泉期間。紹熙五年（1194），辛棄疾再度罷官從福建迴到江西後不久，其帶湖住宅不幸失火燒毁，於是他舉家遷徙到鉛山縣瓢泉。他在瓢泉的閑居生活，和之前在帶湖大緻相同，時時游山玩水、賞花飲酒、賦詩填詞。

沁園春（叠嶂西馳） 詞意圖　張純桂 繪

靈山，位於江西上饒境內，古人有“九華五老虛攬勝，不及靈山秀色多”之説，足見其山色秀美。詞序表明，這首詞是在靈山的齊菴所作，當時新築之偃湖尚未落成。

【句解】

疊嶂西馳，萬馬迴旋，衆山欲東

重重疊疊的群山如萬馬奔騰，急馳嚮西，突又盤旋迴轉，掉頭嚮東而去。

山如萬馬奔騰，這樣新奇的想象在辛棄疾筆下早已有之。遠在宋孝宗淳熙元年（1174），他的一篇《菩薩蠻》即寫道：“青山欲共高人語，聯翩萬馬來無數。”不過，本詞後來居上，想象更爲豐富，筆下群山也顯得更加勇猛豪邁：西馳中猛然迴旋，其奔騰跳躍、盤旋凌空之態，栩栩如生。靈山之險峻，由此可見。

正驚湍直下，跳珠倒濺；小橋橫截，缺月初弓

山的雄壯必有水的輕靈來襯托，於是詞人接下來寫水：正看見飛流直下，驚天動地，水珠跳起，四處飛濺；流泉之上，小橋橫跨，宛如新月初生。

與寫山的壯美不同，雄放的風格到此一變而爲清新疏朗。“正”字總領其後四個四字句，前二句寫水，飛泉瀑布，急流奔瀉，水珠迸濺，極見動態；後二句寫橋，如一彎弓形新月橫跨溪流之上，静境畢現。

老合投閑，天教多事，檢校長身十萬松

老了本應當過閑散的生活，偏又老天爺多事，却教“我”來管理這十萬株高大的青松。

不説徜徉山林，不説觀賞風景，却説“檢校長身十萬松”。這樣的話語，只能出自於一個曾經號令千軍萬馬的英雄人物之口。

閑居的英雄安慰自己“老合投閑”，實際是牢騷之言。他的内心，並不願意過這樣的閑散生活，因爲他還有壯志未酬、國仇未報。他的閑居，完全是無可奈何，自然會有抑鬱苦悶之情需要發泄。但這種發泄不是本篇主旨，只是涉筆成趣，自然流露而已。

吾廬小，在龍蛇影外，風雨聲中

寫了遠景的山，近景的水，又凝集到眼前的一點——靈山齊菴。這間小小屋子，正與松林相鄰，既可見松之影，又可聞松之聲，的確是“檢校長身十萬

松”的最佳位置。“龍蛇”，喻松樹，白居易《草堂記》有“夾澗有古松，如龍蛇走”。“風雨聲”，喻松濤。

争先見面重重，看爽氣朝來三數峰

“檢校”完松樹，詞人又開始遥望青山。在他筆下，青山是那么多情：雲霧消散，群山“争先”露出，與他“見面”。

天色漸明，雲霧消散得越來越快，山峰也顯現得越來越快，因而讓詞人感覺它們是争先恐後地出來與自己會面。這些三三兩兩來到人面前的山峰，帶來清新的氣息，叫人精神爲之一爽。《世説新語・簡傲篇》有“王子猷……以手版拄頰云：‘西山朝來，緻有爽氣。’”辛棄疾巧用入詞，不見痕迹。

似謝家子弟，衣冠磊落；相如庭户，車騎雍容

寫罷山之“形”，繼續寫山之“神”。爲此詞人用了兩個立意新穎、構思别緻的比喻：群山或挺秀軒昂，似衣冠瀟脱的謝家子弟；或巍峨壯觀，如氣度雍容的相如車隊。

“謝家子弟”，指東晉門閥世族謝家子弟，包括謝安、謝玄、謝靈運等人。“相如庭户，車騎雍容”，語出《史記・司馬相如列傳》：“相如之臨邛，從車騎，雍容閑雅甚都。”

我覺其間，雄深雅健，如對文章太史公

歷來以山比人者多，以人比山者少有。詞人之前用“謝家子弟”“相如庭户”比山，已經新巧，但他還不滿足，又作一喻：群山雄偉、深邃、秀雅、剛健，身處其間，猶如在看太史公司馬遷的文章。

韓愈曾評柳宗元之文“雄深雅健，似司馬子長”。辛棄疾將其對文風的評價直接移來，讚嘆群山的美姿，的確别出心裁。

新堤路，問偃湖何日，烟水濛濛

處山之間，與山相親，得如此感受；浮水之上，對語青山，又將如何呢？詞人似乎想到了這點，他轉而寫道，新修的湖堤已經成路，偃湖又何時築完，能見烟水濛濛的景象呢？

面對“雄深雅健”的山色，詞人還覺不够，他憧憬着偃湖落成之時，山茫茫水悠悠的另一番景緻。如此結尾，意猶未盡,耐人尋味。

評解

這是稼軒山水詞中的名篇。其繪景狀物，氣韻生動。最叫人嘆絶的，是下片寫山時連用的三個絶妙比喻，雖迭用故實，而益見新意。一般寫詩作文，都習慣於用自然山水之物去比擬形容人的形貌、性格、氣度，以及文藝作品的風格意象等。辛棄疾却反將過來，用人的衣冠服飾、氣度儀容甚至文章風格來比擬自然山水，獨創一格。明人楊慎《詞品》便評：“説松（應爲‘山’）而及謝家、相如、太史公，自非脱落故常者，未易闖其堂奥。”

水調歌頭

趙昌父七月望日用東坡韻叙太白、東坡事見寄，過相褒藉，且有秋水之約；八月十四日餘卧病博山寺中，因用韻爲謝，兼寄吴子似。

我志在寥闊，疇昔夢登天。
摩挲素月，人世俯仰已千年。
有客驂鸞並鳳，云遇青山赤壁，相約上高寒。
酌酒援北斗，我亦虱其间。

少歌曰："神甚放，形則眠。
鴻鵠一再高舉，天地睹方圓。"
欲重歌兮夢覺，推枕惘然獨念：人事底虧全？
有美人可語，秋水隔嬋娟。

題解

此詞是一首應答之作，作於辛棄疾閑居鉛山瓢泉時，時間應在慶元四年至六年（1198－1200）之間。

詞序中所提趙昌父爲稼軒友人，名蕃，字昌父，與稼軒多有詩詞唱和。趙

水調歌頭（我志在寥闊） 詞意圖　徐震時 繪

昌父於七月十五日用蘇東坡《水調歌頭》（明月幾時有）之韻作詞一首寄給稼軒，詞中對稼軒甚爲褒揚，並相約前往稼軒瓢泉住所之秋水觀拜會。卧病的稼軒用原韻答和一首爲謝，並同時寄贈另一位交往甚密的友人——時任鉛山縣尉的吴紹古（字子似）。

【句解】

我志在寥闊，疇昔夢登天

詞開篇直抒胸臆，道出詞人胸懷：他嚮往去神游高遠遼闊的太空，昨夜夢中，終於登上了天。“寥闊”，即寥廓，曠遠、開闊之意，這裏指宇宙太空。“疇昔”，往日，這裏特指昨晚。

只讀這首句，就讓人豪氣頓生。點出正題後，以下接着描繪夢境。

摩挲素月，人世俯仰已千年

“月”的意象在古典詩詞中極其常見。從來寫月，多是寫望月，如李白的“舉杯邀明月，對影成三人”、蘇軾的“明月幾時有，把酒問青天”，人總是與月遥遥相對。最多的，也不過想象去到月宫，描繪一番月宫景象。辛棄疾却不同，夢中的他彷彿是一個巨人，親手撫摸着皎潔的明月。如此新奇的想象，雄大的氣魄，確實罕見。

詞人在天上攬月俯仰的一會兒工夫，人間已過去了千年。民間素有“天上一日，地上一年”的説法，辛棄疾更將之誇張爲“俯仰”與“千年”的强烈對比。在如此廣闊浩淼的太空，人間的千年也不過是白駒過隙，那人生短短不到百年又算得了什么呢？又何須介懷呢？

有客驂鸞並鳳，云遇青山赤壁，相約上高寒

在此豪情勃發之時，豈能獨行無伴？幸有朋友來相約。這裏的“客”就是趙昌父。他乘着鸞鳳而來，説是遇到了李白、蘇軾，相約一起到那極高極寒之處。“驂”，古代駕車時位於車兩側的馬，這裏指以鸞、鳳爲“驂”。

“青山”代指李白，因李白墓在青山（今安徽省當涂縣境内，又名青林山）。“赤壁”代指蘇軾，因蘇軾有名篇《念奴嬌·赤壁懷古》和《前赤壁賦》《後赤壁賦》。李白、蘇軾二人，都才氣逼人，性情豪放，是辛棄疾一直追仰的先賢。能與這樣的前人同游，豈不快哉！

酌酒援北斗，我亦虱其間

前句化用屈原《九歌·東君》："援北斗兮酌桂漿。"四人在太空飄飄而飛，來到北斗星旁。這樣的壯麗景色，這樣的良朋益友，這樣的豪情壯志，當然要有酒來助興。於是，身邊的北斗七星就成了他們的酒勺。"援"，拿。

"我亦虱其間"是辛棄疾自謙之詞。李白、蘇軾都是前輩高人，自己和他們比起來像虱蟲一樣渺小，能與他們聯袂登天遨游，又一起開懷痛飲，是何等的榮幸啊！"虱"，作動詞用，意爲無才而渺小，不配與他人爲伍。

少歌曰："神甚放，形則眠。鴻鵠一再高舉，天地睹方圓"

酒酣耳熱之際，大家輕聲唱起歌來："形體雖在睡眠，靈魂却在自由飛翔，如同鴻鵠一樣不斷高飛，要看看天地究竟是什么樣子。""少歌"，小聲吟唱。

"鴻鵠"兩句，化用漢代賈誼《惜誓》詩句："黄鵠之一舉兮，知山川之紆曲；再舉兮睹天地之圜方。""鴻鵠"，鴻爲大雁，鵠爲天鵝，古人常將二者並提，泛指能展翅高飛的大鳥。《史記·陳涉世家》記載，陳勝雖貧，志嚮遠大，被人嘲笑時説："嗟呼，燕雀安知鴻鵠之志哉。"後人便常用"鴻鵠之志"形容偉大的理想。

他們爲精神的解放、靈魂的自由而歌，爲超脱於俗世之外，能够俯視這個世界而歌。古人都説天是圓的，地是方的。他們就一定要飛到最高之處，去看看這天究竟如何圓，這地究竟如何方。

這種對奮飛嚮上的極度渴望，歸根結底還是因爲詞人在現實生活中積蓄了太多的苦悶憂愁，被壓抑得太痛苦。寫作此詞時，辛棄疾已年近六十，第二度被罷職閑居。迴首他的一生，始終在爲實現自己的政治理想——抗擊金人、統一祖國而奮争，却始終壯志未酬，反而身陷各種無端的誣陷、傾軋。國家、人民的苦難，自己的現實處境，都使他憂慮、愁苦，他渴望能擺脱這些深深壓在心中的痛楚。

欲重歌兮夢覺，推枕惘然獨念：人事底虧全

夢總是在最美的時候醒來。當他們還想將自由之歌再唱一遍時，詞人却陡然驚醒，重新迴到現實中來。他再無睡意，推開枕頭，遥望窗外明月，悵然獨自感嘆：爲什么人間之事非要如同月亮一樣有虧有全，而不能總是圓滿呢？

蘇軾《水調歌頭》（明月幾時有）曰："人有悲歡離合，月有陰晴圓缺。"面對人間的"悲歡離合"，蘇軾用月亮還有"陰晴圓缺"來安慰自己，表現出的是一種曠達的態度。辛棄疾却不然。從極度超脱的夢境迴到現實中來，這其中巨大的反差令他再也無法强作達觀，人世種種不如人意帶給他的壓抑、痛苦，不但没有減少，反而更加深了，所以他要感嘆“人事底虧全”。

有美人可語，秋水隔嬋娟

此二句化用杜甫《寄韓諫議》：“美人娟娟隔秋水。”

一番感慨後，詞人將筆鋒轉迴：還好，人世雖有諸多不如意，還有好友可以嚮之傾訴。只是秋水相隔，不能即來相會。“美人”“嬋娟”都借指知己朋友，包括詞序中提到的趙昌父、吴子似。

詞末借“美人”“嬋娟”遠隔“秋水”，表達了對友人的思念，亦有盼友人早來赴約之意。

評解

這是一首借夢抒懷之作，除了開頭結尾，通篇都寫夢境。詞人借登天之夢，抒發希求衝破現實社會阻礙，獲得精神自由的强烈願望。天馬行空般的夢境與無可奈何的現實形成强烈對比，大大增强了詞的藝術感染力，令人讀後不由扼腕嘆息。

全篇想象大膽奇幻，筆勢雄放蒼涼，既有李白、蘇軾作品中豪放清曠之風，又保留着稼軒自己深沉、悲慨、執著的特點。雖是病中所作，但却毫無呻吟之語，依然是豪氣干雲，充分體現了稼軒詞的風格。

西江月

遣興

醉裏且貪歡笑，要愁那得工夫。
近來始覺古人書，信着全無是處。

昨夜松邊醉倒，問松我醉何如？
只疑松動要來扶，以手推松曰：“去！”

題解

這首詞題爲“遣興”，從字面看，充滿了自得其樂的歡樂和隨心所欲的傾吐，詞人似乎悠閑輕松，興緻頗高。但透過表面的描寫，却能看出隱藏在文字下的欲禁不能，欲倒不甘的複雜情緒。結合作品描寫的細節和情調來判斷，通常認爲這是詞人慶元年間閑居瓢泉時所作。

西江月（醉裏且貪歡笑）詞意圖　吴澤浩 繪

【句解】

醉裏且貪歡笑，要愁那得工夫

平日裏愁苦滿腹的辛棄疾終於在醉酒中得到了解脱。遁入醉鄉的他，可以盡情貪戀歡笑，再不必擔心憂愁會前來糾纏。一個“且”字，寫出了要擺脱哀愁，享受這“歡笑”之不易，只有醉中的那一刹那纔會出現，所以纔會那么地迷戀、珍惜。

但這酒醉的歡樂只是暫時的，酒勁兒終歸會散去，人終歸會清醒。清醒後憂愁又會重新襲來。正是清醒時濃重的憂愁逼得辛棄疾逃到了酒的世界。可在醉中，他也依然清醒得令人痛心。

近來始覺古人書，信着全無是處

《孟子》説“盡信書，不如無書”，指的是《尚書·武成》一篇的紀事不可盡信。辛棄疾却説他近來發覺，古人的書一點讓人相信的內容都没有。對深受儒家經典熏陶、影響的他而言，説出這番話實在太讓人不可思議了。這難道是他的醉言醉語？

古人書中講君臣之道，講人臣應忠心耿耿，講君王應“任賢勿貳”。而對比現實，那距離是多么遥遠。辛棄疾自起兵山東以來，息息不忘恢復故土，驅逐金人。他滿懷理想，滿懷對宋室的信任來到南方，不曾想殘酷的現實却將他的美好願望擊得粉粹。朝中投降派和奸佞小人賣國求安，却猖狂得勢；像他一樣的主戰派不僅受到統治者懷疑，不被重用，還要遭受小人的誹謗、傾軋。他憂國憂民，勵精圖治，却只能以一二閑職屈沉下僚，甚至幾番受到彈劾，被迫長期閑居。

這一切，令他終於看清了現實。可他不能痛駡現實中的統治者，他只能轉而感嘆“古人書”的不切實際，感嘆書上講的道理，會在現實中變得面目全非。他不是在非薄古書，而是在抒發自己對當時現實的强烈不滿。這是醉言醉語，因爲只有在喝醉的時候他纔能如此痛快地宣泄自己；這又不是醉言醉語，因爲這是他心底最真實的聲音。

昨夜松邊醉倒，問松我醉何如

在“松邊醉倒”，這不是微醺，而是大醉。他獨酌獨飲，不知不覺倒在松樹旁。醉眼迷蒙的他，把松樹看成了人，詢問起自己的醉態。

只疑松動要來扶，以手推松曰去

恍恍惚惚中，他覺得松樹在眼前走動，似乎要過來扶起醉倒在地的他。他立即伸出手推開松樹，大喝一聲："去"！

詞人將自己的醉態刻畫得如此維妙維肖、生動風趣，却叫人無論如何也笑不起來。他讓我們看到的，是一個深深孤獨寂寞的辛棄疾。没有人陪他飲酒，他只能獨飲獨醉。醉倒時只有松樹在旁，也只有松樹要扶他一把。他寂寞得只能與松爲友，酒又如何能祛除他的憂愁？雖然詞的下片一字未曾提"愁"，但隱藏在詞人醉態之中的寂寞與憂愁却令人痛心。

而一句"以手推松曰：'去'"，又讓我們看到了一個不屈不撓、倔强好勝的壯士。即便是在醉中，辛棄疾也頑强地保持着他的壯士本色。雖然身處逆境，他的意志並没有崩潰，他的精神拒絕倒下。

評解

全詞圍遶一個"醉"字着筆，借醉寫愁抒憤。借酒澆愁本是稼軒詞中屢見不鮮的内容，這一篇寫酒醉之態却别有風味，表現手法十分新穎生動。

後人常言蘇軾"以詩爲詞"，辛棄疾"以文爲詞"。這首詞就鮮明地體現了辛詞"以文爲詞"，語言自由解放、生動多樣的特點。上片語言平白如話，彷彿剛從他的口中説出，自然新鮮。下片的叙事性描寫用的全是散文句法，有問話也有自語，還有細緻的動作描寫，恍如一段押韻的小品文。

鷓鴣天

有客慨然談功名，因追念少年時事，戲作。

壯歲旌旗擁萬夫，錦襜突騎渡江初。
燕兵夜娖銀胡䩮，漢箭朝飛金僕姑。

追往事，嘆今吾，春風不染白髭鬚。
却將萬字平戎策，換得東家種樹書。

題解

閑居瓢泉期間所作，時間或在慶元六年（1200）。辛棄疾空懷滿腔抱負，却落得投閑置散，隱居鄉間，心情的矛盾苦悶自可想見。有人忽然在他跟前慷慨激昂地大談功名事業，令他再度追憶起青年時代那一段短暫而又輝煌的抗金殺敵生活，感慨萬千，寫下了這首詞。

鷓鴣天（壯歲旌旗擁萬夫）詞意圖　吴澤浩 繪

【句解】

壯歲旌旗擁萬夫，錦襜突騎渡江初

開篇的這兩句，涵括了大量史實。宋高宗紹興三十一年(1161)，金兵大舉南侵。這期間，在已經淪於金人之手的北方地區，漢族人民紛紛起義，抗金烈火在中原大地四處燃燒。二十二歲的辛棄疾也毅然舉起抗金大旗，在濟南南部山區聚起二千多人馬。隨後，他率衆加入耿京的山東忠義軍，被任命爲軍中掌書記。鑒於當時局勢，辛棄疾力勸耿京歸附南宋朝廷，與南宋官兵配合，共同抗金。紹興三十二年（1162）春，奉耿京之命，辛棄疾等人奉表歸宋，在建康受到宋高宗接見。自南宋北歸途中，辛棄疾驚聞耿京被叛徒張安國殺害的消息。他迅即帶領五十餘人馬，連夜奔襲有五萬之衆的金營，生擒張安國。隨後他率領萬餘義軍，押解着張安國，日夜兼程，南下投歸宋室。

這段經歷，辛棄疾在《進美芹十論札子》中亦有陳述："逆亮南渡，中原之民，屯聚蜂起，臣嘗鳩衆二千，隸耿京，爲掌書記，與圖恢復，共籍兵二十五萬，納款於朝。"

少年英雄，叱咤風雲，創下如此轟轟烈烈的事業。這是辛棄疾畢生最雄壯，也最難忘的一幕。因爲刻骨銘心，所以一觸即發。當年一展旌旗號令數萬抗金義士，錦衣快馬突圍橫渡長江的情形，一一重現在他眼前。其中最令他得意的，還是夜襲金營，擒拿叛賊。

燕兵夜娖銀胡觮，漢箭朝飛金僕姑

"燕兵"，指金兵。"燕"本是戰國七雄之一，據有今河北北部和遼寧西部一帶，此處泛指被金人占領的中原地區。"娖"，整理。"銀胡觮"，飾銀的箭袋，多用皮革製成。"漢箭"，指稼軒所率部隊。"金僕姑"，本爲春秋時利箭之名，據《左傳·莊公十一年》，魯莊公曾用此箭射傷宋國大將南宮長萬，此處泛指箭。

"夜娖銀胡觮"，表示金兵已經有所防范。但辛棄疾僅僅率領着五十餘騎人馬，如天降神兵，出其不意地突入五萬金兵大營，生擒叛徒，並成功撤離。這其中的勇猛、智慧，的確令人驚嘆，也的確值得辛棄疾濃墨重彩書寫。

追往事，嘆今吾，春風不染白髭鬚

詞人追念往事，不由對比今昔。他感嘆現在的自己，青春不再，年華老去。

王安石詩曰“春風又緑江南岸”，一年一度的春風，可以讓草木變緑，讓大地迴春，但却無法讓辛棄疾的白鬚轉黑。曾經的英雄少年變成了垂垂老者，歲月的無情固然令他感慨，但更令他難以釋懷的，還是報國無門、壯志難酬。

却將萬字平戎策，换得東家種樹書

“種樹書”，有關種樹栽花的書籍，代指隱居生活，韓愈《送石處士赴河陽幕》有“長把種樹書，人云避世士”。

辛棄疾南歸幾十年，一日不曾忘北伐大業。他屢次嚮朝廷上陳恢復方略，先後上了《美芹十論》《九議》等萬言名篇，却一直未被統治者採納。直到五十四歲時，他還寫過《論荆湘上游爲東南重地》的奏議，對抗金北伐事業提出自己精闢的見解。可南宋朝廷苟且偷安，不思振拔，反而多方打擊、排擠抗戰派人士。辛棄疾也難逃其中，兩度被羅織罪名，罷官閑居。他的“萬字平戎策”被束之高閣，不得不在栽花種樹的閑居中消磨歲月。

結尾兩句，飽含着辛棄疾對多年來不幸遭遇的抑鬱、憤懣。他並未直接大發牢騷，但這看似平淡、輕松的自嘲，顯得愈發沉鬱深厚，藴含無限悲慨。

評解

詞的上片憶舊，豪情萬丈；下片言今，傷感無奈。雖只有五十餘字，却寫盡了詞人一生的經歷和悲憤，可作爲一篇簡括而形象的稼軒自傳來品讀。

小序稱“戲作”，似乎是詞人對自己一生遭遇的自嘲自諷，似乎是在勸“慨然談功名”的客人以己爲鑒，在這個時代不要奢談什么建功立業。但這首詞的旨歸，絶不是虚無、消極。稼軒是一生矢志報國的英雄，却又“報國欲死無戰場”（陸游《隴頭水》）。這種極端的苦悶，必須有發泄的方式，借酒消愁是一種方式，借自嘲抒懷也是一種方式。在他對壯年英雄歲月的念念不忘中，在他對自己壯志難酬的苦笑中，我們依然可見他那顆滚燙的赤誠之心。

賀新郎

邑中園亭，僕皆爲賦此詞。一日，獨坐停雲，水聲山色競來相娛，意溪山欲援例者。遂作數語，庶幾彷彿淵明思親友之意云。

甚矣吾衰矣！

悵平生，交游零落，只今餘幾？

白髮空垂三千丈，一笑人間萬事。

問何物能令公喜？

我見青山多嫵媚，料青山見我應如是。

情與貌，略相似。

一尊搔首東窗裏。

想淵明，停雲詩就，此時風味。

江左沉酣求名者，豈識濁醪妙理？

迴首叫雲飛風起。

不恨古人吾不見，恨古人不見吾狂耳。

知我者，二三子。

賀新郎（甚矣吾衰矣）詞意圖　馬振聲 繪

題解

這是詞人爲自己瓢泉居第内新建的停雲堂題寫的一首詞。小序稱，鉛山縣境内的園亭，他都曾以《賀新郎》詞調歌詠過，停雲堂的山水亦希望能照例得到他的歌詠。於是寫下此詞，與陶淵明《停雲》詩之意類似。

陶淵明有《停雲》詩四首，詩序爲“停雲，思親友也”，主要内容是思親友和飲酒兩方面。辛棄疾的這首詞，也寫到了這兩個方面，但不是簡單地承襲古人，而是借此抒寫自己的現實情懷。

【句 解】

甚矣吾衰矣

首句語出《論語·述而》：“甚矣，吾衰也！”這是孔子自嘆衰老的話，却被詞人直接用來抒發自己的感嘆。

辛棄疾出生於宋高宗紹興十年（1140），寫作此詞時已經五十多歲。在古代，的確可説是老了。但這聲對自己年老力衰的嘆息中，却有着更深的含義。

孔子在發出這句感慨後，接着又嘆：“久矣，吾不復夢見周公。”在禮崩樂壞的春秋戰國時期，孔子以周公爲楷模，一生爲重新建立一個有禮有序的大一統國家而奔忙。他嘆自己很久没有夢見周公，實際上是哀嘆自己没能像周公那樣，實現自己的政治理想。辛棄疾借用孔子的話，其實也是感嘆自己人已衰老，人生理想却没有實現。

辛棄疾終其一生，都在爲驅除金人、收復中原的愛國理想而奮鬥。然而從二十多歲時在北方起義抗金，到六十多歲時在南方寂寞離世，他始終壯志未酬。“甚矣吾衰矣”，這五個字的慨嘆，可以説濃縮了他對一生命運的無限悲憤。

悵平生，交游零落，只今餘幾

這幾句點出“思友”題旨：迴首平生，詞人百感惆悵，曾經交往的朋友七零八落，如今所剩無幾。晚年的辛棄疾知音寥寥，備嘗孤獨寂寞。譬如與他志同道合的多年好友陳亮，此時便已離世數年。

白髮空垂三千丈，一笑人間萬事

李白《秋浦歌》寫道：“白髮三千丈，緣愁似個長。”辛棄疾借用李白的詩句，同樣是寫自己的愁之深之重。而一個“空”字，既集中表現了辛棄疾對自己壯志未酬、徒然老大的悲痛，又表明他清醒地知道自己的憂愁徒然無用。既然奮鬥了大半生仍無濟於事，如今年老體衰，再“愁”又有何用？對這人間萬事，索性一笑了之。

這“笑”是故作達觀、强作歡顏的笑，是無可奈何的笑，是詞人在如此境況下排解憂愁的惟一方法。這笑聲中，蘊含的是無盡的辛酸悲涼。

問何物能令公喜

這世上，能令晚年閑居的詞人歡喜的又是何物呢？“能令公喜”，《世說新語·寵禮》記載，王珣、郗超並有奇才，爲大司馬桓温所賞識，人們便說此二人“能令公（桓温）喜，能令公怒”。

我見青山多嫵媚，料青山見我應如是

世間知音稀少，人事令人憂愁，辛棄疾於是選擇了青山與他爲友爲伴。秀麗嫵媚的青山，正是“能令公喜”之物。

李白詩曰：“相看兩不厭，只有敬亭山。”李白和敬亭山心存默契，相看不厭，但究竟如何“看”法，他並没有明說。辛棄疾接了過來，進一步發揮：“我”覺青山嫵媚，想來青山對“我”也應該有同樣的感覺吧。

“嫵媚”多形容女子美麗動人，用來形容青山尚易理解，可怎能用於辛棄疾這樣的老人身上呢？這裏辛棄疾用了唐太宗和魏徵的典故，據《新唐書·魏徵傳》，唐太宗讚賞魏徵“人言徵舉動疏慢，我但見其嫵媚耳！”他是說魏徵慢條斯理之中，有一種輕疏不羈、自然灑脱的神態，給人“嫵媚”之感。

情與貌，略相似

辛棄疾喜愛青山，是因爲青山屹立不倒，青翠長存，猶如剛直不阿的志士賢臣。因此，他纔會覺得自己和青山性情、樣貌都略略相似，纔會想象青山亦自多情，與他惺惺相惜。

人間知音稀少，詞人只能將無知無覺的青山當作朋友，互相欣賞，互相慰藉。這是何等寂寞，何等哀愁！

一尊搔首東窗裏

極度孤寂的詞人，一方面以青山爲友安慰自己，一方面又借飲酒自我解脱。他獨立東窗，一手持酒，一手撓頭。

想淵明，停雲詩就，此時風味

突然間想到，陶淵明當年寫《停雲》詩時，也是與自己一樣的對酒思友之情吧。

陶淵明《停雲》詩曰："静寄東軒，春醪獨撫。良朋悠邈，搔首延佇。"辛棄疾知音難尋的孤寂心情，正和陶淵明良朋不至，搔首遥望、獨酌解悶的心情相似。他以陶淵明自比，寫出了自己的寂寞，也表明陶淵明那樣的高潔之士，纔是他的知己。

江左沉酣求名者，豈識濁醪妙理

魏晉時期，人多以縱酒爲清高，於是一些人便把醉酒作爲一種求名之道。蘇東坡《和陶飲酒二十首》其一便説："江左風流人，醉中亦求名。"辛棄疾借用此句，説這些以醉酒求名的人，哪裏真知酒的妙理？言下之意，只有如陶淵明，纔是真識酒之"妙理"者。

"江左"，指江南地區。長江在蕪湖、南京一段，自南而北，折嚮東流，江南地區在這段江流之東，故名江東。古人在地理上以東爲左，以西爲右，所以又稱江左。這裏的"江左"，表面上是説東晉及南朝，實際却是借古喻今。東晉及南朝皆偏安江南，當今之南宋朝廷同樣如此。辛棄疾的真實用意，在於諷刺南宋朝中那些追名逐利之徒，説他們思想境界低下，自然不會理解高尚之士的"妙理"。

杜甫《晦日尋崔戢李封》有"濁醪有妙理，庶用慰沉浮"，説酒能安撫在宦海中沉浮的人。所以，只有經歷過仕途坎坷的人，纔能真正品出酒的滋味，識得酒的"妙理"。辛棄疾正是這樣的人。

迴首叫雲飛風起

李白早已説過，"舉杯銷愁愁更愁"。飲酒並未能使辛棄疾坦然自若，反而激發出他的疏狂之態：乘着酒興，他迴首大叫，引得雲飛動，風大起。他多年來沉積在心中的怨憤愁苦，隨着這一聲長叫，噴薄而出。雖然引得風雲變色不過是詞人的誇張手法，但也叫人不由要問：這怨氣積攢了多久，積攢了多厚，方纔有這種驚天動地的效果？

"雲飛風起"，暗用漢高祖劉邦《大風歌》："大風起兮雲飛揚，威加海内兮歸故鄉，安得猛士兮守四方。"已有了幾分醉意的辛棄疾，叫聲中不僅有怨有憤，更有一股激情昂揚的鬥志。他的心中，仍然在渴求再上戰場，去搏擊風雲。

不恨古人吾不見，恨古人不見吾狂耳

南朝張融曾言：“不恨我不見古人，所恨古人不見我。”辛棄疾套用前人成句，宣泄自己積鬱已久的情緒：没有見到古人，他並不遺憾；遺憾的是古人没有見到他的狂態。

近人况周頤《蕙風詞話》解説道：“狂者，所謂一肚皮不合時宜，發見於外者也。”在不思恢復、只求偏安的南宋朝廷爲官，辛棄疾的確有“一肚皮不合時宜”。但狂放的他既然連那些流芳後世、爲世楷模的古人都不在乎，就更不會在乎今人如何指責、評點他了。

知我者，二三子

結尾再次感嘆知音稀少，與上片的“交游零落，只今餘幾”相呼應，進一步强調了詞人的寂寞孤獨。

評解

這首詞是辛棄疾的得意之作。據《古今詞話》記載，“幼安每開宴，必令侍姬歌所作詞，特好歌《賀新郎》，自誦其警句：‘我見青山多嫵媚，料青山見我應如是。’‘不恨古人吾不見，恨古人不見吾狂耳。’”

詞的上片寫年老力衰，事業未就，交游零落的苦悶和孤寂；下片寫飲酒，借此表現自己不甘寂寞消沉，渴求再度出山有所作爲的心願。詞調由哀婉悲凉逐漸轉爲雄放迸發，結束處又重迴悲凉。全詞多用典故，却能渾然天成，融爲一體，毫無斧鑿之痕，而且往往能賦予新意，新鮮别緻。正如劉熙載在《藝概》中所言，“任古書中理語、廋語，一經運用，便得風流。”

賀新郎

别茂嘉十二弟

绿樹聽鵜鴂。
更那堪，鷓鴣聲住，杜鵑聲切。
啼到春歸無尋處，苦恨芳菲都歇。
算未抵人間離别。
馬上琵琶關塞黑，更長門翠輦辭金闕。
看燕燕，送歸妾。

將軍百戰身名裂。
嚮河梁，迴頭萬里，故人長絶。
易水蕭蕭西風冷，滿座衣冠似雪。
正壯士悲歌未徹。
啼鳥還知如許恨，料不啼清淚長啼血。
誰共我，醉明月？

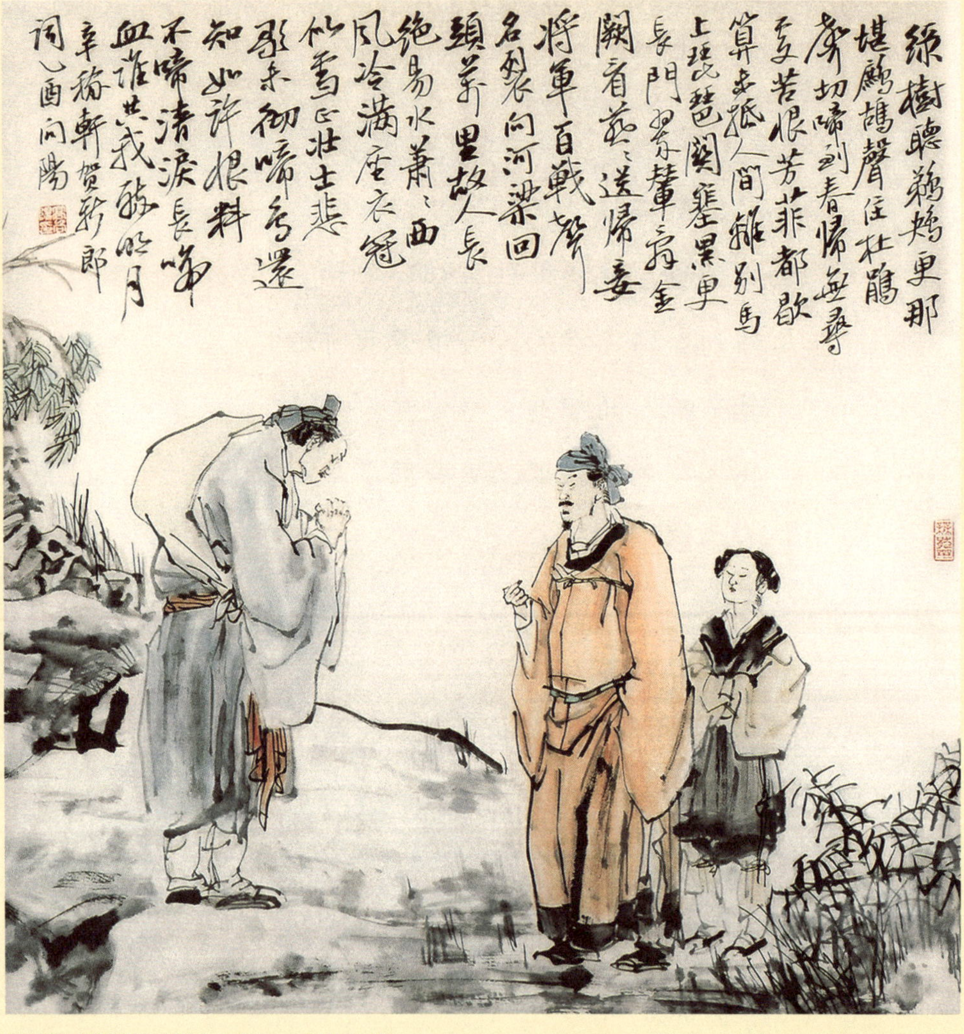

賀新郎（緑樹聽鵜鴂）詞意圖　高巒陽 繪

題解

這是一首送别之詞，作於辛棄疾閑居鉛山瓢泉期間。被送的人字茂嘉，是辛棄疾的族弟，因在同族兄弟中排行十二，故稱十二弟。這位族弟也是一位志在抗金而重忠義氣節之士。當時他貶官桂林，詞人作了兩首詞相送，此爲其中之一。

寫離别的詩詞曲賦歷來很多，這首詞却獨具一格，不止於個人的兒女之情，而是借題發揮，抒發了濃鬱悲憤的家國之情。

【句解】

緑樹聽鵜鴂。更那堪，鷓鴣聲住，杜鵑聲切

緑蔭深處，衆鳥啼鳴，此起彼伏，聲聲悲切，叫人不忍卒聽。

詞的開篇，借鳥聲烘托離别之意。“鵜鴂”，即伯勞鳥，其聲凄厲；“鷓鴣”，叫聲似“行不得也哥哥”；“杜鵑”，即布谷鳥，叫曰“布谷，布谷”，常被認爲像“不如歸去”。它們都是寫離别的詩文中常見的意象。詞人此處一口氣寫出這三種鳥的悲鳴，頓時將離愁别緒渲染得淋漓盡緻。

啼到春歸無尋處，苦恨芳菲都歇

寫罷鳥鳴，詞人又順手寫到春歸，用繁花盡逝、春歸無覓的傷春之情，來烘托離别之愁。此二句化自屈原《離騷》：“恐鵜鴂之先鳴兮，使夫百草爲之不芳。”

算未抵人間離别

到此筆鋒一轉，迴到離别的主題：鳥啼之苦，傷春之苦，這些都比不上人世間的離别之苦。

“悲莫悲兮生别離”（屈原《九歌・少司命》），“黯然銷魂者，惟别而已矣”（江淹《别賦》）。關於離别之苦，前人早已道盡，辛棄疾還要一一道來：

馬上琵琶關塞黑，更長門翠輦辭金闕

“馬上琵琶關塞黑”，指漢時王昭君辭宫出塞，遠嫁匈奴之事。昭君係漢元帝後宫宫女，因和親賜嫁匈奴王呼韓單于。

“更長門翠輦辭金闕”，指漢武帝陳皇后失寵，辭别金闕，退居長門之事。也有人認爲這是借言昭君辭漢，並非真指陳皇后長門之事。“翠輦”，用翠羽裝飾的宫車。“金闕”，宫殿。

看燕燕，送歸妾

指莊姜送歸妾之事。《詩經·鄴風·燕燕》：“燕燕於飛，差池其羽。之子於歸，遠送於野。瞻望弗及，涕泣如雨。”春秋時，衛國莊公夫人莊姜無子，以莊公妾戴媯之子完爲子。完即位不久，就在一次政變中被殺，戴媯遂被遣返。莊姜遠送於野，作《燕燕》詩以贈别。

將軍百戰身名裂。嚮河梁，迴頭萬里，故人長絶

寫過幾位薄命女子之别，詞人又寫李陵與蘇武之别。

李陵是漢武帝時的名將，多次與匈奴作戰，立下不少戰功。最後一次因寡不敵衆，苦戰而降，導緻身敗名裂。蘇武奉漢武帝之命出使匈奴，被匈奴扣押十九年，持節不屈，最終迴到漢室。蘇武返漢之際，李陵到河梁送别。世傳李陵送蘇武詩有“攜手上河梁，游子暮何之”之句；《漢書·蘇武傳》載李陵送别蘇武語：“異域之人，一别長絶。”稼軒將此二句合而化用之。“河梁”，河橋。“故人”，指蘇武。

易水蕭蕭西風冷，滿座衣冠似雪。正壯士悲歌未徹

此叙荆軻辭燕入秦刺秦王之事。據《史記·刺客列傳》記載，戰國末年，燕太子丹命荆軻前往刺殺秦王嬴政。荆軻離開燕國時，太子丹率衆賓客白衣素服相送於易水之上。高漸離擊築，荆軻和樂而歌：“風蕭蕭兮易水寒，壯士一去兮不復還。”“悲歌未徹”，意爲壯士的悲歌至今猶在耳邊迴蕩。

詞人羅列了以上這么多關於離别的典故，却不是隨意選取。這些離别都不是一般意義上的傷離怨别，它們不僅關涉個人，更關涉國家命運，實是辭家去國之恨。清人周濟《宋四家詞選》認爲，此詞上片是表現“北都舊恨”，下片是表現“南渡新恨”，所説很有道理。上片所用春秋時戴媯被迫離開衛國，以及漢代用公主、宫女和匈奴和親的典故，確實很容易讓人聯想到北宋末年靖康之難中，徽、欽二宗和三宫六院被俘北行的慘痛事實。下片的兩個典故，則以歷史上的匈奴、秦國喻今之金國，借李陵、荆軻的悲劇暗寓稼軒自己壯志不酬的憤懣之情。

啼鳥還知如許恨，料不啼清淚長啼血

詞以鳥兒悲啼起興，在借用一系列典故抒發家國之情後，仍不忘照應開頭：鳥兒如果知道這么多人間離恨，啼出的一定不會是清淚，而是鮮血吧！因

爲這么多的别愁離恨，清淚已不足以訴説，非要啼血不可了！

誰共我，醉明月

“你”離開了，還有誰能與“我”一起在明月下把酒醉歡呢？

結尾點題，對族弟道出不忍分離之情。詞的前面都在烘托氣氛，到這裏一句作結，感情收到實處。

評解

這首詞雖爲别詞，抒寫的却遠不止是兄弟之間的情誼，而是暗寓着國家興亡之慨和自身身世之感。詞中將個人之情與家國之情緊密聯繫在一起，慷慨悲壯，大大提昇了其思想境界。章法上極其巧妙，以啼鳥起興，以春歸託意，隨之承轉，導入人間離别主題。但又不直賦眼前離别，而迭用歷史故實，曲意傳情。繼而總收上文，再寫啼鳥，迴應篇首，並將詞意推進一層。結尾處纔點出送人本意，但又即到即收，可謂收放自如。

歷代評家都對此詞備加推崇。清人陳廷焯《白雨齋詞話》曰：“稼軒詞自以《賀新郎》一篇爲冠，沉鬱蒼凉，跳躍動蕩，古今無此筆力。”王國維《人間詞話》評曰：“稼軒《賀新郎》詞‘送茂嘉十二弟’，章法絶妙，且語語有境界，此能品而幾於神者。然非有意爲之，故後人不能學也。”

南鄉子

登京口北固亭有懷

何處望神州？滿眼風光北固樓。
千古興亡多少事？悠悠，
不盡長江滾滾流。

年少萬兜鍪，坐斷東南戰未休。
天下英雄誰敵手？曹劉。
生子當如孫仲謀。

題解

宋寧宗嘉泰三年（1203），閑居瓢泉已達八年之久的辛棄疾被朝廷起用爲紹興知府兼浙東安撫使。次年正月，他應召入臨安。然而寧宗和當時宰相韓侂胄召見辛棄疾，並不是真正信任和倚重他，而只是採其人望爲北伐裝點門面。

南鄉子（何處望神州）詞意圖　顧炳鑫 繪

奏對之後，朝廷並不把辛棄疾留下來主持用兵大計，而是將他派往鎮江擔任知府。這首詞即爲鎮江知府任上所作，時間一説爲嘉泰四年（1204），一説爲開禧元年（1205）。

詞題曰“登京口北固亭有懷”，京口即今江蘇鎮江；北固亭，亦名北固樓，在鎮江東北長江南岸的北固山上。

【句解】

何處望神州？滿眼風光北固樓

中國古代有“九州”之稱，最早見於《尚書·禹貢》，中有“禹别九州”之語。由於古人認爲九州四境均有海水環遶，所以又得“四海”之名。戰國時，隨着航海技術的發展，人們眼界漸闊，齊人鄒衍提出了“大九州”之説。他認爲，《禹貢》之九州合之只能稱之爲一州，名“赤縣神州”；同樣大小之州共有九個，也都是海水環遶。因此，“神州”也成爲中國的别稱。這裏的“神州”，特指早已淪陷的中原地區。

北固樓上的辛棄疾縱目四望，週圍山水風光無限，却無法望見令他魂牽夢遶的中原。中原是那么的遥遠，即便尋遍所有的高處，也是枉然。所以，他不得不無可奈何地感嘆，還能從哪裏望見中原？

詞人此刻所在的北固山，由長江南岸凹入江中，山雖不大，却形勢險峻，風光綺麗，山下江面開闊。昔日梁武帝蕭衍讚其形勝，題曰“天下第一江山”。然而，滿眼的風光留不住辛棄疾的目光，他的心裏只有那無法望見的家園故土。

千古興亡多少事？悠悠，不盡長江滚滚流

望不見“神州”的辛棄疾將目光從遠處收迴，轉而俯視起脚下奔騰不息的長江水。他不禁思接千載：數千年歷史長河，有多少興亡大事？恰如這眼前滚滚東流的長江水，無休無止，綿綿不盡。“悠悠”二字，自然貼切，而又韻味無窮，既是言興亡更迭，往事悠悠，又是言江水悠悠，不盡東流，前後兩句借此二字貫串起來。

杜甫《登高》有“無邊落木蕭蕭下，不盡長江滚滚來”，寫的是深秋景色和身世之感。辛棄疾借之用來寫古往今來世事的盛衰興亡，翻出了新意，境界也更爲豪放開闊。

年少萬兜鍪，坐斷東南戰未休

無數的興亡故事中，詞人單單想到了三國時的孫權。孫權繼承吳主之位時，年僅十九歲。年少的他統領千軍萬馬，據守長江東南地區。爲了堅守自己的領地，在他統治的五十多年裏，從未停止過與敵人的戰爭：赤壁之戰，敗曹操大軍於長江北岸；夷陵之戰，把劉備大軍趕迴四川……“兜鍪”，古代軍人作戰戴的頭盔，這裏代借戰士。

孫權不畏强敵，終使吴能在群雄逐鹿的三國時代，與魏、蜀鼎足而立。這樣的英雄人物，怎能不令渴望驅逐金兵、收復失地的辛棄疾由衷懷念與讚頌？

天下英雄誰敵手？曹劉

天下英雄中誰是孫權的對手？只有曹操與劉備。

據《三國志・蜀先主傳》記載，曹操曾對劉備説：“今天下英雄，惟使君與操耳。”曹操認爲當時只有劉備和自己算得上英雄。而後起之秀孫權敢於與曹、劉抗衡，這不更令人敬佩嗎？

生子當如孫仲謀

當年，曹操與孫權作戰時，見孫權軍隊嚴明整肅，氣勢雄壯，忍不住讚嘆道：“生子當如孫仲謀，劉景升兒子若豚犬耳！”（裴松之《三國志註》）

孫權，字仲謀，論年紀是曹操的晚輩，所以曹操渴望自己的後代也能像他那樣守住自己打下來的江山。而曹操嚮荆州進兵時，荆州軍閥劉表的兒子却望風迎降，所以曹操説他如同豬狗。

辛棄疾直接引用曹操之語稱讚孫權，但並非襲用曹操原意，而是説人身在世，當如孫權一般奮發進取，建功立業。透過這鏗鏘有力的句子，我們看到的是一個“烈士暮年，壯心不已”的辛棄疾。

辛棄疾對孫權這位歷史人物如此大加褒揚，其真正的旨歸，還是在於諷喻當時南宋統治者。正是這些人的軟弱無能、苟且偷安，纔讓辛棄疾無比懷念堅持抗戰的孫權。他對孫權“坐斷東南戰未休”的讚頌，正是對南宋統治者的批評與諷刺。但另一方面，被重新起用的辛棄疾對朝廷雖有微詞，却仍心存希望，他希望統治者能像孫權一樣奮發有爲，固守住江南領土。所以，全詞深沉却不低落，隱約還有樂觀的情緒縈遶其間。

評解

這首詞章法奇特，三次自問自答，以問答層層推進，突顯主題。用典雖多，却不是爲了矜奇炫博，而是根據主題需要剪取入詞，自然貼切，没有斧鑿之痕，反能清晰傳達詞人深意。上下片兩處結語，一借杜詩以眼前景作結，一用曹操語以議論作收，都水到渠成，直如己出。尤其下片最後三句，化用曹操不同場合下的語句，一氣而下，對答如流，渾然天成。

辛棄疾《美芹十論》中，對孫權在歷史上的地位評價並不太高。這首詞却把他當作杰出的英雄來歌頌，自然是借題發揮，别有用心。之所以選取孫權，主要是因爲孫權與不戰而降的劉表兒子劉琮等人不同，他敢與北方强敵曹操争鋒，多次抵禦並戰勝南侵之敵。這正與南宋統治者的一貫軟弱偷安、一再屈辱求和形成了鮮明對比。

永遇樂

京口北固亭懷古

千古江山，英雄無覓，孫仲謀處。
舞榭歌臺，風流總被，雨打風吹去。
斜陽草樹，尋常巷陌，人道寄奴曾住。
想當年，金戈鐵馬，氣吞萬里如虎。

元嘉草草，封狼居胥，贏得倉皇北顧。
四十三年，望中猶記，烽火揚州路。
可堪迴首，佛狸祠下，一片神鴉社鼓。
憑誰問，廉頗老矣，尚能飯否？

題解

此詞作於宋寧宗開禧元年（1205），辛棄疾六十六歲，尚在鎮江知府任上。當時，南宋朝廷正在準備北伐。主持其事的宰相韓侂胄急於建立功勛以鞏固自己的地位，不待條件成熟，就要命令出師。辛棄疾得知這一消息後，感慨良多。這首詞就是通過懷古，來表達他既積極支持抗金北伐，又堅決反對輕率冒進的態度。

永遇樂（千古江山）詞意圖　汪國新 繪

寫下此詞後不久，辛棄疾便又遭誣陷罷職，於同年初秋返迴鉛山瓢泉，結束了他一生的仕宦生涯。

【句解】

千古江山，英雄無覓，孫仲謀處

在北固亭上，可以看見長江滚滚、大地蒼茫。如此壯麗的山河，令辛棄疾心情激蕩。他第一個想到的，就是曾經據守這片土地的三國英雄孫權。孫權是三國吴國國主，他十九歲繼承父兄基業，奮發有爲，北拒曹操，稱霸江東。在他的經營下，吴國國勢日强，終與魏、蜀鼎足而立。孫權曾建都京口（今江蘇鎮江），後遷都建康，仍以京口爲重鎮。

舞榭歌臺，風流總被，雨打風吹去

千年之後，這位一代風流人物依然令辛棄疾感懷不已。然而，這樣的英雄已經無處尋覓。他曾經駐留的歌舞亭臺，他的雄才大略，他一手創立的豐功偉績，都被風雨吹洗得無影無踪。

斜陽草樹，尋常巷陌，人道寄奴曾住

對於早已消失在歷史長河裏的孫仲謀，辛棄疾找不到他的一絲痕迹，又轉而尋找起另一位英雄人物。

普普通通的小巷，斜陽下草生樹長，人們説這是“寄奴”曾經住過的地方。“寄奴”，南朝宋武帝劉裕的小字。劉裕先祖隨晉室南渡，世居京口。後來，劉裕於京口起事，率兵北伐，一度收復中原大片土地，又削平内戰，取晉而稱帝，建立了自己的政權，成就一代霸業。

想當年，金戈鐵馬，氣吞萬里如虎

東晉安帝義熙五年（410）、十二年（417），劉裕兩次率晉軍北伐，先後滅掉南燕、後秦，收復洛陽、長安，幾乎克復整個中原。這幾句描繪的，正是他北伐的情形。

在辛棄疾筆下，千年歷史人物虎虎生威。透過紙背，我們似乎能看到劉裕正率領精兵强將，以鋭不可擋之勢，馳騁於萬里之地，直取中原。

辛棄疾頌揚孫權、劉裕，並不僅僅是羨慕他們的勇猛，欣賞他們的才略，更對他們抗擊侵略者、保衛國家的偉業敬佩不已。他將孫權、劉裕放在一起，視爲英雄，正是要表達自己抗擊金兵、收復中原的雄心壯志。然而，好大喜功的當權者毫不理會他的意見，準備倉促北伐。這令辛棄疾憂心忡忡，因爲深諳歷史的他知道後果的嚴重。

元嘉草草，封狼居胥，贏得倉皇北顧

“元嘉”，南朝宋文帝的年號，宋文帝劉義隆係劉裕之子。“草草”，草率從事。“封狼居胥”，漢武帝元狩四年（前119），霍去病率五萬騎兵遠徵匈奴，殲敵七萬餘人，在狼居胥山（今内蒙古自治區五原縣西北）築臺祭天，後來便用“封狼居胥”代指北伐立功。

元嘉年間，王玄謨屢次嚮宋文帝陳説徵伐北魏之策，宋文帝心有所動，言“聞王玄謨陳説，使人有封狼居胥意”。元嘉二十七年（450），宋文帝命王玄謨北伐。由於準備不足，又冒險貪功，一敗塗地。北魏軍隊乘勝追到長江北岸，聲稱要渡江。宋文帝登烽火樓北望，張皇失色，對輕率北伐深悔不已。

辛棄疾借宋文帝“草草”北伐終於慘敗的歷史事實，深切告誡韓侂胄等人，抗金北伐必須做好充分準備，不能草率從事，否則只會重蹈元嘉覆轍。然而，韓侂胄並没有聽取他的忠告，於開禧二年（1206）倉促出兵，戰敗後於次年被誅，正中了辛棄疾“贏得倉皇北顧”的預言。

四十三年，望中猶記，烽火揚州路

“路”，宋朝行政區域以“路”劃分，揚州屬淮南東路，爲此路首府。

對這幾句的含義，存在兩種不同解釋。一種認爲詞人至此筆鋒一轉，從歷史人物轉嚮自己，從懷古轉而傷今。“四十三年”，指辛棄疾於紹興三十二年（1162）率衆南歸至開禧元年（1205）寫下此詞。“烽火揚州路”，指他當年從北歸南，經揚州而到建康，一路浴血奮戰，戰火瀰漫的情形。

另一種理解認爲，“四十三年”是指宋孝宗隆興元年（1163）張浚倉促北伐失敗至開禧元年（1205）辛棄疾作此詞之時。“烽火揚州路”指隆興北伐失敗後，金兵乘機渡過淮河，攻陷濠州、滁州而至揚州之事。

聯繫上下文意來看，後一種解釋似更爲可取。

可堪迴首，佛狸祠下，一片神鴉社鼓

“佛狸祠”，北魏太武帝拓跋燾（小字佛狸）擊敗王玄謨北伐軍隊後，率追兵直達長江北岸的瓜步山（今江蘇六合縣境内），在山上建立行宫。後來，改建爲祠，稱佛狸祠。

對岸佛狸祠下，竟響起一片祭祀鼓聲，烏鴉聞聲而來，争搶祭食。佛狸祠本是外族入侵的標誌，人們却忘記了那場幾百年前的侵略，將它變成了祭神的場所。

時間抹去了人們對國家、民族耻辱的記憶，多么可悲！這也正是辛棄疾痛心疾首、深深擔憂之事。他擔心北方淪陷區的百姓也會漸漸地忘記自己的國家和民族，安於異族統治。所以，失地必須早日收復，國家必須盡快統一！

憑誰問，廉頗老矣，尚能飯否

《史記・廉頗藺相如列傳》記載，戰國時趙國名將廉頗，晚年遭人讒害而出奔魏國。後趙王欲起用他，先遣使者詢問其健壯與否。廉頗當着使者的面，一頓吃下一斗米、十斤肉，又披甲上馬，表示自己尚有餘勇。

辛棄疾在詞末以廉頗自比，表示自己雖然老了，但仍有雄心和膽力，仍希望參加抗金戰鬥，爲國家效力。

評解

當代學者葉嘉瑩曾言："如果説要想在唐宋詞人中，也尋找出一位可以與詩人中之屈、陶、杜相擬比，既具有真誠深摯之感情，更具有堅强明確之志意，而且能以全部心力投注於其作品，更且以全部生活來實踐其作品的，則我們自當推崇南宋之詞人辛棄疾爲惟一可以入選之人物。"的確，稼軒詞乃是辛棄疾生命最真實的體現，現實中他心繫家國的情懷、抗敵救國的壯志、報國無門的悲憤，成爲其詞作中多次重複的主題。這首詞也不例外。全詞風格沉雄豪放而又悲慨蒼涼。明人楊慎《詞品》認爲，辛詞當以此篇爲第一。

詞中通篇用典，以至於當詞人拿它出來讓岳飛的孫子岳珂評點時，岳珂也委婉地説"新作微覺用事多耳"。此篇既爲懷古之作，必會牽涉一些歷史人物、事迹，用典不可避免。這些典故都經過詞人精心選擇，均爲京口當地風光人物，切情切景，切時切事，絶無生拉硬拽、雜湊成篇之弊。加之有詞人一股愛國激情在其中融會貫通，故用典雖多，却並不散亂。